刘征　沈鹏　周笃文　等著
黄君　编

三闲集

沈鹏题签

山东人民出版社
国家一级出版社　全国百佳图书出版单位

图书在版编目（CIP）数据

三贤集/刘征等著；黄君编．--济南：山东人民出版社，2019.1

ISBN 978－7－209－11901－6

Ⅰ．①三… Ⅱ．①刘… ②黄… Ⅲ．①诗词—作品集—中国—当代 Ⅳ．①I227

中国版本图书馆 CIP 数据核字(2019)第 007321 号

三贤集

SANXIAN JI

刘征 等著 黄君 编

主管部门 山东出版传媒股份有限公司
出版发行 山东人民出版社
出 版 人 胡长青
社　　址 济南市英雄山路 165 号
邮　　编 250002
电　　话 总编室（0531）82098914
　　　　 市场部（0531）82098027
网　　址 http：//www. sd－book. com. cn
印　　装 山东华立印务有限公司
经　　销 新华书店

规　　格 16 开（170mm×240mm）
印　　张 17. 5
字　　数 140 千字
版　　次 2019 年 1 月第 1 版
印　　次 2019 年 1 月第 1 次
ISBN 978－7－209－11901－6
定　　价 40. 00 元

龙蛇酬唱（代序一）

读征公《龙蛇草》感赋

◎周笃文

刚从遵义回，喜读龙蛇集。
文章属老成，珠玉洒落历。
矫如狮虎腾，迅如怒潮激。
高若碧霄云，稳若岱山立。
清似妙莲花，珍同和氏璧。
思致入精微，咳唾响霹雳。
上下百年间，巨笔罕能匹。
历史开生面，赓歌遍九域。
愚子再三拜，诗翁寿无极。

2015 年 1 月

步晓川兄读征公《龙蛇草》感赋

◎沈　鹏

龙蛇才腾天，桌上龙蛇集。
谈笑风生间，襟怀何历历。
似听婴儿言，如随大浪激。
钟馗剑气扬，仙圣神形立。
玫瑰与葵花，路石同白璧。
隽语杂闲悠，晴空开霹雳。
世事捺眼球，孰与君俦匹。
我今闭雷池，诗思无疆域。
一卷怀抱中，心远骛八极。

2015 年元旦

奉答晓川、沈鹏二公

◎刘　征

百年阅沧桑，万感纷然集。
碧血染征旗，废兴何历历。
自矢献涓埃，清浊敢扬激。
良朋惠我多，蓬在麻中立。
二公赞龙蛇，赐教胜珠璧。
椒兰穆清风，除恶鸣霹雳。
诗咏赋民情，吾侪广俦匹。
方期振风雅，弦歌盈禹域。
人生虽易老，诗声乃无极。

2015 年 2 月

序　二

◎周笃文

盛世昌诗，古今同致。若汉武之柏梁联句，陈王之平乐放歌，俱丕开风气，流韵深远。下逮开元、元祐，唐宋诸英，踵事增华，流芳千古。近代以还，群趋泰西之学，乞灵无韵之诗，诗运不彰，多历年所。邓公伟人，革弊开新，斯文复振，吟坛重光。中国韵文学会、中华诗词学会，相继得以成立，国学乃得时雨春风，畅条舒叶，一时新局丕开，吟风大畅。各界吟俦遂竞择五方之胜地，为接席之清欢。北京老辈如鹏公以书坛泰斗而雅好吟讴，征老教育名家而特精诗道。笃文因缘际会，得陪高躅。相与登山临水，唱余和汝；推襟送抱，极论古今。以诗会友，其乐无穷矣。尤记庚寅（2010）除夕，鹏老以“兔毫落墨三江水，国事开春八阵图”二句起唱，发余手机，征求联句以贺新春；余旋以“日月经天黄道正，参商得所赤星殊”续成颔联，并转长春诗友补和；福有以“抟云直扫高峰雪，移海能青大漠芜”为三联，岳琦则以“一派煦和昭万象，诗情豪气满神都”，卒成七律一章。公诸网上，瞬即如影之附身，如响之随音矣。当晚即得和章数十首。旬日间共得三百六十篇，点击过万，港澳台覆盖尽矣。新华社、中国日报皆继以报道，流风至今未熄。

今岁春节，余等三人受央视六频道邀请，为新春贺岁撰联。征老以“奋进吧，春天的脚步；厉害了，我们的中国”开篇，鹏老以“长虹赋彩祥云渡，春雨纷飞润物来”继之，我则以“生机勃勃天行健，和气融融国运昌”作结，再次联手，祝颂春节，于普天同庆之日，为此嘤鸣相友之会，乐也何极！

十余年来彼此诗词唱和，积帙渐多。如2012年神九飞天发射成功，《人民日报》海外版约稿，余请沈老等写诗，起云：“脚下珠峰南海洋，神州巨臂托新航。

逍遥一箭转昏晓，踊跃三军射太阳。”可谓举重若轻，想落天外。余则以“卿云纠缦太平洋，伟矣鲲鹏更举航。动地掀天观气象，酌浆援斗庆端阳”和之，角度命意，亦复有其异处。

十余年来，湘帙盈箧，同游友生央视友人闻而乐之。根据近平同志所言“学诗可以情飞扬，志昂扬，人灵秀”，以及“这些诗词从小就嵌在学生脑子里，成为终生的文化基因”之精神，鼓励我们结为《三贤集》出版。以发嘤鸣之声，而作明时之颂。乃付之梓人，以求正于海内方家，希不吝赐正为幸。

目录

CONTENTS

卷二·沈鹏诗词

卷三・周笃文诗词

卷四·三贤门人弟子诗词

卷一·刘征诗词

刘征，原名刘国正，号梅苑，别署蓟轩、老梅、六无居等，当代著名教育家、作家，当今诗坛泰斗、书法家，兼擅绘画。1926 年生于北京，1948 年毕业于北京大学西语系，曾任全国语文教育研究会会长、人民教育出版社副总编辑、《中华诗词》主编等，现为中华诗词学会名誉会长。诗歌创作兼新诗、寓言诗和格律诗词多种形式，尤以纵横开阖的山水诗词为时所重，半个多世纪以来，作品广为流传，并与臧克家、程光锐合称“诗坛三友”。书法出入魏晋，兼攻碑帖，自书诗文风骨森森而烂漫多姿。已出版论文、杂文、诗词、书法等各类著作四十余部，有《刘征文集》八卷。

杜撰曲　鬼话

大画家，我老友也，以近作《人小鬼大图》相赠。四尺纸幅，通天到地站立着一个大鬼，狞恶可怖。夜深人静，灯影摇摇，但见那鬼面活起来，嘴唇在动。我屏气倾听，且听他说些什么。

曲　一

哈喽，画家！论成就你已跻巅峰，论资格你早已白发。早就该寄情林泉，风流潇洒。画个花儿草儿蝶儿鸟儿，画个病美人雨打梨花，画个老翁春水浮槎，画个羽衣客吞吐烟霞。这画儿准能拍天价，银子到手白花花，没来由偏把鬼来画。

曲　二

画鬼也罢！就该画那鬼小姐，娇滴滴闭月羞花，鬼丫鬟滴溜溜眼会说话，鬼相公色兮兮文酸醋假。仿聊斋笔法，画勾魂摄魄的鬼狐婚嫁。这画儿也不差。没来由偏画咱鬼老大。

曲　三

画咱鬼老大也罢！就该画咱慈眉善目的假面，绅士风度的假发，描龙绣凤的锦袍，盘金嵌翠的乌纱。就该画咱手握经卷，悲天悯人，身佩美玉，温文尔雅。真真假假谁能辨？这画儿给咱多了一道障眼法。答谢你一辆新款宝马。哎呀，你呀你！难道你喝了迷魂汤吃了大胆丸？愣可从虎口里拔牙，眼睁睁往地雷上踏，竟敢剥去咱的伪装，画一个裸鬼，赤条条一丝不挂。

曲　四

暴露了咱一摆手走石飞沙。暴露了咱一眨眼霹雷轰炸。暴露了咱烟囱般鼻孔，哼一声毒火喷发。最不该呀，暴露了咱掏人心的毛爪，吃人肉的獠牙。害得咱假西施现形母夜叉。呸！不过是画。

曲　五

一只手怎搬开大山压，一根木怎支起高楼塌，一只小小的毛笔怎奈何咱鬼老大？咱有九十九种变身法，咱有天神保驾。画家图个啥？只落得大头鬼、长舌鬼、黑心鬼、要命鬼、鬼族类、鬼子鬼孙一迭连声地骂一个字——傻！

2011年8月

杜撰曲　题钟馗醉睡面塑

开　场

老友面人汤，面塑钟馗像。

酣睡醉如泥，酒瓶一大筐。

醒木一声响，小曲就开腔。

曲　一

提起咱，高山点灯名头大。手挥刀，把魑魅魍魉斩杀，口喷火，烧毁鬼王大厦。瞪一瞪眼，心头阴霾消散；跺一跺脚，地狱垮塌。你看那万户千家，抽椽笔，蘸朱砂，把咱的形象描画，墙上挂，咱保的是积善人家。

曲 二

休道我，心儿有些灰冷；休道我，眼神有些昏花；休道我，脚步有些歪斜；休道我，手腕有些酸麻；休道我，往日的百步威风，一身杀气成软面团，烂棉花。咱是啊，酒喝得有些高，有些大，本官醉也。

曲 三

请看那，一缸缸、一罐罐、一瓶瓶，堆满案头床下，咱这偌大的房间堆得满当当挤擦擦，活像个老酒窖、大酒吧。俱都是中外名酒，都标着吓人天价。一分钱咱没花，送来的是他和她。鬼局长，鬼主席，鬼经理，鬼老大。大鬼头，头点腰哈，小鬼头，脚边跪爬，一迭连声叫干爸。这美酒不算送礼，进孝心，请笑纳，千万收下。

2012 年 5 月

《人小鬼大图》歌

老画师侯一民先生以近作《人小鬼大图》见赠。画境奇诡，惊心骇魄，为作长歌，实有韵之杂文也。

侯君赠我钟馗画，开卷视之大惊诧，
天地颠倒日月藏，钟馗何小鬼何大！
隐如乌云显如山，呼风唤雨指轻弹。
阴阳两界称老大，捉妖律令掌中玩。
上拜诸神贡百宝，下结鬼网相勾结，
十万雷霆击不倒，老子有靠上指天。
欲问钟馗在何处，大鬼脚边颓然伏，
朱衣暗敝眼无光，长剑藏匣已锈腐。
燃犀欲烛巨伞遮，追根难禁高墙阻。
往日斩鬼如切瓜，往日鬼作盘中脯，
往日神威安在哉，人小鬼大一何酷！
风雨欲来雷撼窗，夜深鬼影摇灯光。

对画沉思忽有会，放笔虽谐意则庄。

人鬼消长关世运，如读千秋兴废章。

人长鬼消喜昌盛，人消鬼长悲沦亡。

历览古今同此律，贪腐之祸甚于鸩毒烂肝肠。

斯画也，犹如一记警钟震天地，一声棒喝发聋聩，

勇者观之欲裂眦，仁者观之宜战栗。

侯君此画来自梦，[1] 我有新梦继君梦。

新梦与旧大不同，新梦必定与君共。

钟馗钟馗，愿汝恒久伟岸而光辉，

目光如电，虬髯如戟，

口吐烈火，焚枯燎秽，

俯视鬼魅，渺如虫蚁。

轩然振袖舞天风，长剑尽殪一切鬼。

彼时天清日朗纤尘无，

请君更画人长鬼消图。

2012 年 8 月

---

① 君题画云，此画得自梦境。

劫余杂忆九首

旧居在景山东侧，我和阿龄在此度过“文革”。四十多年过去，重访旧地，忆及“文革”中种种，未随云烟散去者数事，情见乎诗。凡所吟咏皆“文革”前期所亲历，耳闻者不采。

景山老树

1966年6月，阿龄和我都被“揪出”，并坐景山东坡一棵树下良久，忍悲无语。

相对无言各忍悲，可堪春晚杜鹃啼。

枝枝叶叶涓涓露，犹作当年血泪垂。

沉　稿

我曾将多年诗稿，绑以铁块，沉入故宫御沟中。

着足骇无分寸地，当头高压五行山。

可怜行走唯形影，心已沉波逐屈原。

抄　家

我家被抄四次，区区斗室，抄得一塌糊涂。非只图书遭难，且殃及衣物。后来，阿龄的一双高跟鞋和我的一方端砚，并排展览在“反修”展览台上。

破“旧”抄家四度来，瓢勺锅碗俱遭灾。
高跟鞋并端溪砚，摆上防修展览台。

毒　打

阿龄在学校被批斗，某夜回家，脊背被皮带抽得皮开肉绽。衬衫被血粘在背上，久久才拿下来。我们谁也没流泪，相勉“活下去”。

衣血粘连难脱身，条条青紫认鞭痕。
严宵远近高音吼，天地冰凉剩两心。

专　政

春节大雪，仍令到后院劈柴。并宣布专政命令，字字如刀刺心。

劳改劈柴未肯饶，倚门含泪女儿娇。
新春佳节严专政，勒令条条利似刀。

批　斗

某日，开我的批斗会。

伏罪还须颂圣明，千夫戟指似癫疯。

上纲已到天方夜，不许抬头辩一声。

问　天

一领导人被揪出批斗，竟爬上数十米高的烟囱。

当时观者斥狂癫，此际思君意怆然。

举世汹汹无处问，故攀星月问苍天。

题　壁

满墙大字压乌云，风雨无由识旧痕。

证史何须重金石，愿留点画警来人。

故　人

故人生死两惊心，旧事茫茫散作尘。

一老荒庭扶杖立，残阳如酒伴长吟。

2012年8月

水调歌头　重游晋祠，戏作

一别五十载，老友近如何？唐槐顾我大笑，起舞绿婆娑。周柏拍肩温语："一路风风雨雨，有点算什么？"难老清泉水，花下漾清波。　重来访，圣母殿，众宫娥。当年风韵依旧，含笑语如歌："忙煞众家姐妹，筹办时装赛会，评审待诗哥。"扰扰人间事，应是笑声多。

2012 年 9 月

寄语天风

十八大报告宣告党的一百周年（2021 年）全面建成小康社会，建国一百周年（2049 年）建成富强、民主、幸福、和谐的国家。

衰龄难及百年期，海唱山呼我不知。

寄语天风铭一事，庆功会上诵翁诗。

2012 年 12 月

听虫声[①]

浮沉百感度平生，未泯天真违俗情。
梦到天堂河畔路，芦花风里听虫声。

2012年12月

疾雪二首（选一）

疾雪飞回风满楼，曾经桑海老多愁。
芳园恶草惊滋蔓，怒海长鲸肆遏舟。
万贯腰缠夸巨富，几人薪胆解先忧？
管弦方奏齐天乐，鹈鴂犹鸣未肯休。

---

① 看电视里介绍冬养鸣虫之趣。诗中所提天堂河是流过故乡村南的一条小河。

迎春漫笔

养生早已平哀乐，问老何须记岁年。
醉月尚思春夜宴，游仙梦逐外星船。
高天忧坠非虚诞，末日旋临是妄谈。
衰朽幸存唯笔健，春云百丈作华笺。

2013 年 2 月

金缕曲

接读老友陈显荣来信，万感交集。显荣和我早年都写讽刺诗，曾同榜获作协的诗歌奖项。二十世纪开放搞活以后，讽刺诗曾有兴起之势，而未繁荣既已凋谢，情发乎词。

“画虎”徒劳耳。怅舌尖，俱甘啖蔗，“辣椒”何益？[①] 侧足当年荆棘路，慷慨书生意气，披赤胆，鞭笞

① 《老虎贴告示》是我的一篇代表作，《辣椒歌》是显荣的一组代表作，均发于《诗刊》。

鬼魅。文字激扬终何用？并故交星散无消息。聊城会[1]，长相忆。峥嵘旧梦寻无迹。问香山，晚年闲适，果何滋味？时作心谈披书史，挥洒龙蛇四壁。欲而已却难而已。征路惊雷挟疾雨，问何曾老却追风骥？中夜起，更挥笔。

2013年3月

狂泉引

君不闻，有国乃在乌何有乡大荒山，国中有泉名狂泉。一人饮泉一人癫，千人饮泉千人癫，万人饮泉万人癫，举国饮泉举国癫。以天为地，地为天；以仙为妖，妖为仙；以弦为钩，钩为弦；以兰为棘，棘为兰；以奸为忠，忠为奸。美尚嫫母丑燕环，囚尧逐舜放屈原。熊熊大火焚简编，儒冠遭溺口遭钳，丰功伟烈史无前。幻非幻兮奇哉异，幻与现实合一契。

① 由《诗刊》主持，在山东聊城曾举办讽刺诗研讨会。

老夫浩劫曾亲历，为愁须发白拖地，往事如烟寻无迹，此事件件镂肝肺。深夜自写狂泉引，欲哭无声眼无泪。如闻高音喇叭声，炮轰棒打惊霹雳。如闻“牛鬼”唱嚎歌，心头滴血口称罪。如闻批斗声声大发狂，高帽摇摇按头跪。如闻板带抽打皮肉声，衣裙溅血心肝碎。青天荡荡冷如冰，求死求生两无地。

阴霾已解花已繁，鬅鬙须发已皤然，起居倚杖步蹒跚，早应伏枥胡不闲？狂泉虽塞须清源，劫灰未冷防复燃。愿诗成为警世篇，愿千泉万泉如喷如沸长涌清泉水，清泉作雨绿千山，清泉灌溉万顷田。清泉作茗天下饮，滔滔不尽万斯年。此景必真非虚幻，仰天大笑笔横天。

2013 年 3 月

坐　花

先生真个卧烟霞，一角书楼四面花。

时有风来香入座，不须寻到四娘家。

2013 年 4 月

题窗前卧虎石雕

怀中抱虎仔，窗外卧于菟。

狡黠猫牵尾，悠闲蝶坐须。

锯牙偏解吻，钩爪不伤肤。

万类同胞与，山居我不孤。

2013 年 4 月

临江仙　清明喜雨

北地清明难得雨，朝来喜见纷纷。鹫峰峰顶半藏云，饮茶眯眼笑，知是艺花人。　万朵千枝齐放蕊，小楼掩映花深。湿花如雪扑衣襟。杜郎思酒处，身在杏花村。

2013 年 4 月

水龙吟　大觉寺白玉兰

分明冰雪精魂，飘飘姑射山头下。夜风唤醒，素云初绽，月光轻洒。半掩罗衣，侍儿扶起，华清浴罢。汉宫妃，仪态天然，原不受，俗工画。　觞咏曾劳车马。逐春风，尚传佳话。水流云散，花应有梦，雨来一霎。后之视今，犹今视昔，悄然悲咤。碧纱笼，半壁留题，算应是，兰亭亚。

2013 年 4 月

凤凰岭

轻车沐晨光，来访凤凰岭。
山容幻百态，掩映变光影。
横如卧蛟龙，鳞动脊高耸。
纵如立魔怪，云日摩尖顶。
姣若振裙衫，仙娥瞰尘境。
懒若佛卧云，千劫鼾未醒。
叠若书万卷，文字无人省。
利若剑刺天，翠滴血花冷。
风来草木摇，忽觉天地动。
物我两皆忘，唯有诗思涌。
日午饥思饭，野店杯盘净。
妻儿坐一桌，无酒也高兴。
大嚼烤羊排，佐以葱花饼。

2013年4月

二度玉兰

夏至之后，紫玉兰二度开花。

人间喜见双飞燕，天意何妨二度春。

一笑回眸生百媚，阿娇新着绿衣裙。

2013年6月

杜鹃之歌

传说杜鹃是古蜀国帝王的灵魂，抱亡国之恨昼夜哀鸣，致口角流血。这传说远在南北朝时期的诗里就出现了。后世诗人咏杜鹃，多沿用此说。如老杜的《杜鹃行》。不采此说者亦皆以鹃声为幽怨之象。

今年春夏之交，移居京郊鹫峰之下，花木葱茏，百鸟和鸣，杜鹃之声，特为秀出。杜鹃多飞鸣，听之在西，忽而又东。且昼夜风雨，长鸣不息，天地间皆鹃声矣。察鹃声为四节拍，世称“四声杜鹃”，抑扬有致，与诗律相和。嘹亮而婉转，欢快而深情，殊无哀怨之意。前人妄为诗说，后人妄从之，遂令杜鹃千古蒙不白之冤，早该平反了。

杜鹃非帝魂，实为诗魂，乃以寓言之笔，广杜鹃之音，制《杜鹃之歌》。

开　篇

阴阴夏木绿婆娑，风清日朗鸟高歌。
如丝如竹为铙钵，高中低音漫相和。
就中有鸟名杜鹃，歌声嘹亮而缠绵。
如云百幻如飞烟，东西南北响周天。
二十四时声相连，口角流血仍不闲。
鹃兮鹃兮呕心沥血，我非巴蜀古帝魂。
我歌亦非亡国音，小说者流谈无根。
误传千年竟至今，愿借君诗明我心。

大爱之歌

我爱大地兮我爱群山，我爱碧海兮我爱长天。
我爱花间之晨露兮，我爱林莽之飞烟。
我爱萤火之熠熠兮，我爱草叶之纤纤。
我爱车行如滔滔之流水兮，我爱楼群如起伏之峰峦。

我爱婴儿第一声啼哭兮，我爱万千气象浩瀚之人间。

我爱天上人间之一切兮，我心如火山喷发之熔岩。

愿苦者乐兮，愿忧者欢。

愿失落者如苍鹰之奋起，愿孤独者得如花之美眷。

愿国运抟扶摇羊角而上，奋大翼而冲天。

愿举世亿万希望之手指，拨动和平之琴弦。

愿一切苦厄永远消逝，愿一切美梦美满而能圆。

我心如海，我歌如泉，我生虽短，我族则繁，放声歌唱，岁岁年年。

诗魂赞

我听君歌契我心，我谓杜鹃是诗魂。
诗魂诗魂即我魂，同忧同乐歌同音。
愿生羽翼长随君，飞鸣不已三千春。

2013 年 6 月

悼程光锐老友

奔马悲忽蹶，嘤鸣竟息音。[1]
残年谁只咏，三友我独存。
锦册留题句，红霞共贺春。[2]
万期参大化，生灭等浮云。

2013年6月

① 光锐佳篇《沁园春·马踏飞燕》，臧老及茅盾先生激赏。又，臧老、光锐和我合出一本诗词集，名《友声集》。

② 我将臧老书信裱为一册，光锐题诗。又，臧老晚年居红霞公寓，光锐和我每大年初二去拜年。

怪石咏①

朔方大漠望无边，流沙莽莽黄入天。
杳无鸟迹无人烟，块然片石来何缘？
万古孤卧黄沙间。
苍龙坠地留片甲，云中落佩遗飞仙。
客偶见之大惊异，千里携来归蓟轩。
非金非玉人不贵，色非红紫与时背，
扭曲欹斜不成器，棱角森森令人畏，
百无一用合废弃。
盐车莫怪老骅瘤，伯乐纵有知何术。
我得怪石心大喜，摩不离手如琳璆。
天然笔架难寻觅，紫端侧畔置案头。
鼠须健劲羊毫柔，架上昂首如龙虬。
纵情挥洒放且收。
助我大漠风沙气，神行八表恣遨游。

2013年8月

---

① 石自北边大漠中拾来。

秋虫二首

蟋　蟀

夜深床下一虫鸣，如许秋心如许情。
趋暖乍辞苍藓砌，相亲来傍老书生。
也知潦倒无多日，不息殷勤促织声。
我有情愁与君共，梦中酬唱到天明。

蝴　蝶

寒雨初晴日色微，徐回老翅欲何归？
小园花落香消尽，老树霜侵叶已稀。
宛转欲言还脉脉，飘摇去远复依依。
为君一曲歌梁祝，无限情天自在飞。

2013年10月

题银杏叶

黄金铺地真盈寸，老干穿云欲没尖。

转觉霜红失自我，但将秋肃效春妍。

2013 年 12 月

水调歌头

嫦娥抱玉兔登月成功。喜讯传来，浮想联翩，悠然入梦——一个虽然遥远但必会实现的更美丽的梦。

古梦已实现，新梦更追求。坐我彩云一片，缥缈月宫游。无论黄棕黑白，都是兄弟姐妹，知爱不知仇。有女皆环燕，百岁不白头。　　听那边，导游女，话温柔：先民有大智慧，愚昧却遗羞。征战自相杀戮，血染千秋史册，兵器有遗留。闻此瞿然醒，却见月如钩。

2013 年 12 月

金缕曲

扫桥爷爷名宾珍，自愿清扫一处过街桥，十年如一日。今年八十七岁，不幸坠桥去世。

桥架横空道。默无言，十年寒暑，风天雪晓。白发满头年望九，日日辛勤清扫。却不愿安闲养老。目送轻松来去客，纵手生老茧心头笑。步匆促，悲失脚。　眼含热泪奔相告。看诸公，随身箕帚，纷纷来了。微火暖人不自暖，天下好人多少。信浩气存于微渺。千里莺啼花似锦，问何方最是春光好？遍大地，青青草。

2013 年 12 月

浣溪沙　贺晓川兄八十华诞

逝水不须叹晓川，喜君八十尚华年，何妨信步览河山。　明月万家吹玉笛，笔端三峡倒词源，为霞红彻晚晴天。

2014年1月

人日戏作

正月初七为人日，据说是女娲创造人的日子。

此日娲皇创造人，功成一睡到如今。

检查成品忽长叹，清水黄泥不够纯。

2014年1月

玉楼春　宿雁栖湖

偶然留迹名湖畔，鸣雁嗈嗈冰始泮。好风低语宛如吟，仙岛笼烟清似幻。　迷离万象如初见，绝类千秋沧海变。是谁徐步夜寻诗，渺渺一星渡河汉。

2014年3月

西江月　登鹫峰侧峰

春树万家匝地，雄峰一剑倚天。大风忽起莽飞烟，身似高鸿天半。　衰飒千茎白发，倏忽几度沧田。登山益觉老怀宽，掌上尘寰一点。

2014 年 4 月

京味小吃十二首　（竹枝词）

豆　汁

判定君为老北京，豆汁入口笑盈盈。
共来捧碗尝真味，超越甜咸是大羹。

爆　肚

妙在舌尖欲写难，居然羊女化天仙。
请君索性摊前坐，下箸君尝我埋单。

焦　圈

和田手串黄金镯，只显豪华不解馋。

早点街头豆腐脑，最宜烧饼夹焦圈。

驴打滚

地上驴肉天上龙，奞荣作扬州八大名。[①]

一不留神打个滚，小吃族里大明星。

烤　肉

炭火熊熊筷子长，草原风味炙牛羊。

三杯白酒荷塘畔，醉倒秋风烤肉香。

臭豆腐

才上餐桌未待尝，顿时佳气满厅堂。

掩鼻如入鲍鱼肆，入口八珍难比香。

糖葫芦

鲜果颗颗留珊瑚，一片冰心在玉壶。

春节庙会填年味，高举大串糖葫芦。

---

① 八大山人自署名“奞”，据启功先生考证，“奞”是当时当地“驴”字的俗写。

大碗茶

佳茗飘香茉莉花，张家隔壁更吴家。
南城旧事寻滋味，喝碗前门大碗茶。

豌豆黄

来自清廷御膳房，美人象箸几曾尝。
而今仿膳待遗范，似玉如金豌豆黄。

小窝头

皇帝老儿故作秀，开餐传进小窝头。
食材何物君休问，非向农家厨下求。

酸梅汤

炎炎夏日得清凉，不用披襟挥扇忙。
胜过水晶宫里坐，冷香湔齿喝梅汤。

京　味

九十翁说说唱唱，京味竹枝唱不穷。
美食进京即京味，东西南北尽包容。

2014年6月

沁园春二首

别　诗

长揖诗神，从今勿须，如影随身。似归来老鹤，合当戢羽；无波古井，自得清心。九转柔肠，万端忧乐，何若逍遥坐看云。与君别，更不约后会，永绝音尘。　　连朝觅觅寻寻。觉饭菜不香酒不温。恰腾飞奋进，能无呐喊；扬清激浊，待振强音。秉性如斯，我心匪石，不可一朝无此君。诗笑道：知必有此刻，公是诗人。

别　书

征何许人，一个书生，居处书林。与古今贤哲，拜为师友；千秋史鉴，助我知新。默诵轻哼，手拟心会，展卷明灯照夜深。浮大白，忽高吟拍案，庭树惊禽。　　奈何老眼花昏。看万字飞鸦堕暮云。念平生交旧，惜难存问，高橱搁置，久已蒙尘。未可悬匏，焉能蕴椟，三叠阳关泣饯君。书曰否：爱听公吟咏，长伴知音。

2014 年 6 月

次韵奉和沈鹏兄观纪录片《徐渭》之作

山阴老屋昔曾观，一树青藤壮艺坛。
天妒奇才委尘土，笔翻墨海簸狂澜。
沉埋尺壁终光显，怅望归云独往还。
悲悯情怀听高咏，暖茶不觉夜风寒。

2015年1月

万古愁曲

杞人忧天倾，千古遗讽笑。
皆笑杞人痴，庸人徒自扰。
今知笑者反为痴，杞人为圣为先知。
天倾灾变非一度，万古茫茫无已时。
最近乃在侏罗纪，灾星天降神鬼泣。
庞然遗骸遣人惊，全球恐龙俱绝迹。

灾星再降问何年，一万年后或眼前。
天崩地裂摧万有，文明人类化灰烟。
忧天倾覆忧天变，海水沸腾天变暖。
温室效应如处蒸笼中，人类自加锅底碳。
科技猛进一日千，人有大力转坤乾。
魔高一尺道高丈，同心协力何难自保全！

古人忧，今人忧；美酒难消万古愁。
更有殷忧在眉睫，请君遍览五大洲：
文明手套藏爪牙，虎噬狼吞竞撕咬。
杀人利器积如山，一星星火足令地球毁灭天塌倒。
纵有大智倡和平，江海横流殊未了。
有如漏船沉海顷刻间，犹争掌舵挥老拳。
又如饮宴居火宅，不顾梁摧墙倒犹争肴馔口流涎。
辞岁夜，夜未阑；诗翁自笑也忧天。
仰看天上无量数星聚成星之海，
各自发光互相融合无比灿烂照人间。

2015 年 2 月农历除夕

水调歌头

世平友制“水调歌头”见赠，次韵奉和

自解濠梁乐，何必乐知鱼。碧波花影离合，山静鸟相呼。最爱游仙佳趣，缥缈云车风马，临睨海天舒。吹笛劳山鬼，捧砚倩麻姑。　　问先生，能对饮，一杯无？纵谈物我两忘，为蝶为周欤？年少春风词笔，自铸清新格调，笑我白髭须。鱼鸟旧相识，相约洞庭湖。

2015 年 7 月

金缕曲　　打捞“致远舰”

巨舰沉海底。又何曾、百年消歇，百年沉睡。化作狂飙吹海立，白浪排山涌起。听呐喊，蛟龙辟易。屈辱忠魂原不死，待挥刀、炮火飞霹雳。锈如血，斑斑迹。　　沧波跃出忽惊喜。望无边、千里万里，神州佳气。多少头颅多少血，赢得顶天立地。痛一哭，

迸空血泪。呼唤惊雷传天下，爆一言火热出肝肺。休忘记，休忘记！

2015年10月

大雪歌

雪过杭州当岁宴，西湖冰合将及半。
谁将白玉雕湖山，万片飞花纷扑面。
携妻同访孤山雪，其境至清仙也叹。
茶花一树冒雪开，冰消掩映红妆艳。
北行大雪过居庸，忽惊天地归鸿蒙。
皓皓两间银海荡，山尖万点蹲冰熊。
长城一线卧山脊，蜿蜒起伏如苍龙。
雪飞纷纷鳞甲动，即欲一跃冲天穹。
今年十日都门雪，琼楼玉宇森成列。
老去不堪筋骨劳，杜门但效袁安卧。
谓老其能奈我何？我心勃勃如婴儿。

我心熊熊燃爱火，我心遨游周览一千河。

雪片纷纷扬扬摇天地，如生命之喷发，如大海之扬波。

如九霄遍种梨花无量数，风吹花落，飞泻万丈倾滂沱。

片片飞雪兮皆我心之花，诗之魂，梦之歌。

2015年

记夏君事

与夏君素不相识，于电视中偶见其人闻其事，神魂为之震撼。夏君，原为登珠峰队员。第一次登峰，峰顶已近在咫尺，惜为一场强风暴雪所阻。返程中过夜，夏君将自己的睡袋让给一位藏族同胞，竟冻掉了他的两只脚。而他登峰之志益强，决心以义足登峰。长期苦练，千难万难，其间更患重病，亦未阻其宏愿。前几年两次从南坡登峰，一次遭雪崩，一次遭地震，均未达极顶，甚矣，夏君遭遇之残酷也！夏君拟明年再登，百折不挠，必能终抵于成。我为他祝福。电视一闪而过，惜失记其名。夏君一普通老百姓，其性格乃中华民族之共有，伟大而平凡，大众之名，皆其名也。夏君自言其事如好友间说平常事。应写一首长诗，精力不济，聊写一绝记之。

万阻千难一笑中，踏天无脚却从容。
吾民一脉铮铮骨，君是珠峰峰上峰。

2015 年 12 月

水调歌头　图书问答

朝夕长相伴，无语默谈心。高橱罗列四壁，中外古今人。时或大呼浮白，时或浅吟击节，时或泪沾襟。胡为成陌路，捐弃任蒙尘。　吾老矣，有大苦，向君陈。视如看花隔雾，开卷九嶷云。却羡西方荷马，强记无须书卷，无目自行吟。便欲送君去，天下广知音。

2015 年 12 月

记梦二首[1]

一

老夫久无梦，此梦却为真。
轻轻一弹指，推开地球门。
星球浩为海，滚滚望无垠。
始知我地球，并非孤无邻。
近旁有两球，即宜生命存。
迈步即飞起，飘飘如浮云。
飞上近处球，恍悄忽惊魂。
天地何荒荒，满目皆沙尘。
哪里有生命？全无寸草根。
狂风忽吹起，犹如厉鬼奔。
沙丘列高下，惨淡如古坟。

① 看到一张火星表面的照片，我受到很大触动，必欲有所言而后快，孕育多日，始成此篇。所想为几十万年后事，未免有些呆气。言近诙谐，又不雅驯，得失之间，寸心不知。愿安承教。

资料告我知，此球曾有人。
何时人灭绝？灭绝问何因？
掘地得头骨，乃是一少女。
头骨中开裂，分明遭刀斧。
叩头大感叹，冷泪零如雨。
想君生世时，必定如花艳，
必定有爱情，必定有美眷，
必定有梦想，必定有心愿。
必定有欢歌，歌飞绕银河；
必定有尊仰，神圣不可犯；
必定有文明，千万年积淀。
胡为竟如此，必定有大战。
万弹交互飞，一弹杀千万。
生命全陨灭，万劫永不返。
地球之未来，分明眼前见。
我心有大悲，欲携头骨归。
头骨忽不见，似闻笑嘻嘻。

二

浮云更遨游，飞上远处球。
此球大不同，有乐全无忧。
城市何所有，玉宇掩琼楼。
道旁何所有，瑶草四时稠。
飞鸟息人间，耳语方啁啾。
猛兽伴行人，狮虎皆朋俦。
旁有游乐园，儿童正嬉闹。
门旁坐老人，看着孩子笑。
老人任何职，本区大长老。
今日适休假，园门作安保。
近与老人言，如同老相好。
谈东又说西，话如枝头鸟。
桩桩俱惊喜，事事皆奇妙。
提起战争事，老人忽怒恼。
“如此大邪恶，谈之污口角。”
战争之遗迹，早该垃圾扫。

君如必欲问，博物馆中找。

问今务何事，老人正色道：

全民大讨论，此事极重要。

谋求大搬家，此球惜已老。

发现近一星，宜居比此好。

明日开大会，我作主报告。

老人年几何，三百还不到。

医求已普遍，人老能再少。

正欲闻其详，忽惊闹钟闹。

2016 年 2 月

水调歌头　九十自寿

落日原非落，逝水逝何曾。时清许我狂放，有味是无能。深深浅浅脚印，仄仄平平诗韵，何物寿先生：一碗炸酱面，卤煮也还行。　唯一事，心血沸，肺肝铭。百年沧海亲历，家国最关情。愤则咚咚鸣鼓，喜则泠泠鼓瑟，寤寐感阴晴。自笑等尘芥，蒲藿向阳倾。

2016年6月

水调歌头　端午漫想

当日汨罗事，雷电激心潮。横飞白发千丈，如火指天烧。已恨蛾眉遭妒，忍见群芳萎谢，身赴浪滔滔。高唱震千古，热血铸《离骚》。　今之世，超神禹，迈唐尧。云车风马来下，魂返不须招。踏遍苍茫大地，到处滋兰斩棘，无土不妖娆。待写大同颂，豪唱入云霄。

2016年端午

金缕曲

欣森同志以诗四首见赠，情真笔老，感人至深。谨制《金缕曲》奉答。

一介寒儒耳。走匆匆，白头乱发，百年余几？凡百无成不自弃，性僻偏耽诗笔。却苦乏凌云才力。虎跃龙腾千万态，只一鳞半爪存而已。向沧海，添一滴。　新蝉抱树槐花坠。味公诗，薰风拂面，铿锵焦尾。洒遍长天翻墨海，难尽九州佳气。向诗苑滋兰树蕙。文运方随国运盛，看弦歌处处新潮起。公与我，为诗醉。

2016 年 7 月

新秋品诗六首

一

托讽雄风判富贫①，悲哉秋气吊灵均②。
一从郭老屈原剧，矮了昂藏玉树身。

二

壮读青莲晚读陶，弃官说不亦何豪！
南山神会悠然意，相见何妨一折腰③。

---

① 宋玉《风赋》，盖有讽焉。

② 《悲秋》，有学者认为吊屈大夫之作，而郭剧写此人为反面人物。

③ 陶公不为五斗米折腰之举，真豪士也，足匹太白。但对南山何妨一折腰耶！米南宫拜石，曹雪芹点石为美人，大有陶趣。

三

滚滚难消万古愁，杜公诗似大江流。

岂徒《秋兴》高云表，更有《登高》在上头[1]。

四

掌上齐州九点烟，杯中泻海小三山。

长吉早逝应无憾，千古一梦是《梦天》[2]。

五

马上哼诗小五洲，雄才千古问谁俦。

山河不老诗不老，战地黄花烂漫秋。

六

千古风骚一脉传，红牙铁板唱新天。

百年定有才人出，诗国巍巍起泰山。

2016 年 9 月

---

① 《登高》是杜甫七律之巅峰，亦唐七律之巅峰，亦古今七律之巅峰。以其非笔墨所及，自肺腑喷出者也。

② 李贺《梦天》是超历史局限之笔，宛如飞机在万米高空中下视之状。古人诗中，无其匹者。诗之眼，往往能超越时空。

嫁书辞

余年逾九十，散所存图书，分赠几个单位，作嫁书辞，用楚骚体。

北风凄兮雨雪霏，送君行兮不言归。
看书箱之启运兮，倚室门而依依。
百感交于中心兮，非喜非悲。
欲久聚而不散兮，知君去得其所；
谓乐送君去兮，却肠牵而九回。
听车声之渐远兮，眼含笑而泪垂。

忆君之来兮积有岁年。
少小即跑遍兮书肆书摊。
遇所爱而囊羞涩兮，宁节缩数日之午餐。
年既长而嗜弥笃兮，结终身之书缘。
列高橱于书斋兮，积充栋之书函。
随世事之变易兮，书聚散曾多番。
拾此劫余兮慰晚晴以简编。

恒披阅以求索兮，如吸水之海绵。

知我引吭而长吟兮，应风雨之吹打。
知我掩卷而沉思兮，久兀坐而如傻。
知我愤怒而击案兮，震杯倾而酒洒。
知我展眉而微笑兮，诗神飘飘而来下。
叹俯仰而为陈迹兮，搔丝丝之白发。

送君去兮君去何方？时彦之所集兮琅嬛之乡。
交流不息兮流惠四方。
君之用兮绵绵而长。
瞻彼行云兮聚散无常。
聚为时雨兮萌万绿于春阳。
散而睹青天兮照大地以阳光。
书为公器兮涵智海之汪洋。
聚难恒久兮散乃其祥。
送君如母之嫁女兮，含欣慰于感伤。
去兮去兮放歌举觞。

2016年12月

马踏飞燕歌（并序）

武威出土的“东汉马超龙雀”青铜铸件，栩栩如生。俗称“马踏飞燕”，我从俗称。张掖选为市标。昔岁过张掖，得仿真品，形制虽小而惟妙惟肖。珍藏至今。由此想到程光锐老友的一首词，万感交集，情见乎诗。

天马西来踏天行，四蹄雷霆行追风。
倏然下降踏芳草，势与飞燕争轻盈。
考古发掘出深圹，两千年梦一朝醒。
清光泼洒千秋月，一马飞来穿史程。
已惊天汉神乎技，更赞铸我民族之魂长飞腾。
良工复制陈几案，奔飞飒飒如闻声。
伊谁题咏如杰作，翻遍报刊求不得。
诗家小院畅谈诗，四十年前浑似昨。
程君一曲《沁园春》，妙手拈花花乱落。
臧老喜极朗声吟，程君含笑唯默默。①

---

① 臧老，指臧克家同志。程君，指程光锐同志。二公皆逝，而《沁园春·马踏飞燕》仍生气勃勃。见证“三友”论交之始。

我手击节欲痴醉，春风送暖来如座。
三友论交自兹始，诗简往还纷交错。
抚今追昔已惘然，二公游仙去不还。
我亦眼暗白须髯，独吟沙哑如秋蝉。
似梦非梦意朦胧，燕如掣电马如龙。
亿万奔马踏征路，亿万飞燕掠长空。
山呼海啸惊天公，忽觉身化一马或一燕。
忘忧忘倦心还童，剖心沥血放声唱，
放声歌唱擂鼓助战声咚咚。

2016 年 11 月

菩萨蛮　　咏白发

那时曾记初相见，绿云半掩如花面。双辫结红绳，翩翩蝴蝶风。　　几番生死劫，白发丝丝雪。转胜少年时，梨花雨后枝。

2016 年 12 月

悼　花

友人赠春节牡丹，千里相送，冰雪载途，竟香消玉殒，不胜悲感，诗以悼之。

报春千里感深情，弱质难禁风雪程。
凤悲铩羽飞徒梦，烛未摇红泪已冰。
妄指天香归富贵，争怜国色遍乡城。
来朝不乏知时雨，默祷新芽更吐青。

2017 年 2 月

闻　鸡

承平久已息戎机，锦玉笙歌伏百危。
莫使尘埃蒙故剑，阑干星斗舞闻鸡。

2017 年春节

沁园春　饮酒

强忍馋涎，弃盏辞杯，生趣索然。忆长淮风雨，尚能偷饮，晚晴颐养，却禁开坛。碧海骑鲸，青天问月，无酒焉能诗百篇。思吟啸，苦荒腔走板，舌燥喉干。　这番许我狂癫。恰煮蟹殷红荐玉盘。甚流觞曲水，殊为多事；咸亨数豆，未觉寒酸。信手拈来，天然好句，应是诗仙逐酒仙。妻笑道：“只一回莫再，持戒须严。”

2017 年 2 月

戏题 “六无居”

梅苑先生九十余，戏言其居曰六无。

黄君大篆为之书，六无何无请注疏。

我方闭眼自抚须，君自知之我糊涂。

千山万水如画图，千花万花美且都。

千物万物品类殊，千家万家喜安居。

无边风物入吾庐，我拥万有何言无。

人生何有亦何无，较无计有惜哉愚！

更倩春风倾玉壶，风和日暖筋骨舒。

呜呼啊呼兮啊呼呜呼。

2017 年 2 月

寄刘章老友

我爱大山子，安居隐石城[1]。
羊鞭作诗笔，心血写乡情。
冒雨登高嶂[2]，寻花[3]待雾灵。
望穿北征雁，春草几回生。

2017 年 2 月

温旧稿有感

平生拙生计，性僻嗜歌吟。
热血三千首，清风一叶身。
甘当铺路石，未息补天心。
不作花间语，抟风要大音。

2017 年 3 月

① 石城：石家庄。
② 高嶂：嶂石山。
③ 寻花：金莲花、银莲花。

读《贺培新文集》①

屈子应闻冰下语，春风重返海西堂。

回头一万八千日，抚卷沉思泪满裳！

2017 年 3 月

① 我少年学诗，受教益最深的，一是陈小溪师，再是小溪师的学友贺培新师。贺培新师，字孔才，北平沦陷期间，隐居积水潭西岸海西草堂，客厅悬明人书联“无波古井水，有节秋竹竿”，以明志。我时趋草堂求教，师为我讲诗并批改作品。获益甚深。他不同意我诗中偶露的消极情绪。举昌谷的两句诗“少年心事当拿云，谁念幽寒坐呜呃”，说年轻人应有昂扬奋发气，昌谷尚如此，今当如何！此语一直深铭在心。此北平解放前事也。

新中国成立后，他将家藏文物悉数捐赠国家，在故宫曾展出。他毅然参加了南下工作团。我还记得他与董必武同志唱和的诗两句：“工农今作邦家主，马列真为世界师。”尔后因工作繁忙，音问渐疏。约一两年后，忽闻师于北海破冰赴水自尽，不胜悲痛，深埋于心而已。开放后，始知为一冤案，幸已平反，我有诗记之。师曾赠我《天游室集》，惜已失之。今近现代中国史料丛刊出版《贺培新文集》二卷，抚卷沉思，万感交集。贺师，贺师，当含笑于九泉之下！

水龙吟　贺中华诗词学会创建三十周年

风骚焕彩千秋，新天恰待翻新曲。春阳破冻，故园荒寂，沐风栉雨。瞬三十年，云兴潮涌，弦歌户户。会耦耕俦侣，白头笑对，浮大白，嫌未足。　待向来朝纵目。梦飞天，临睨乡土。百花解语，江河化酒，群山峙玉。狂喜灵均，欢歌鲍谢，千杯李杜。向珠峰高处，摩崖镌刻，吾华族，腾飞赋。

2017 年 3 月

病房杂诗十二首

一

正饶豪兴歌新纪，待谱钧天唱大同。
岂可匆匆撒手去？召归不受斥天公。

二

濒死方知生有涯，大千非雾亦非花。

已灰万念存一念，裂肺撕心只有她。

三

不闻君笑不闻歌，春晚红稀绿渐多。

良夜东风来病榻，轻轻耳语问为何。

四

病房漫道最无聊，我有闲情自解嘲。

日夜为书翻有趣，白衣来往白云飘。

五

晨光洒遍小花园，竹影波光卧睡莲。

池畔小亭来小坐，顿忘病痛顿心宽。

六

不为翩翩蝴蝶飞，非关秋水悟精微。

蘧然梦醒庄生笑，不见鲲鹏见大机①。

① 我国民用大飞机试飞成功。

七

也无遗憾也无求，一笑能消万古愁。
贝氏失聪仍作曲，老为荷马也风流。

八

市声犹静未喧嚣，窗外晨曦分外娇。
惊梦一声闻布谷，诗情飞上绿杨梢。

九[1]

霸业侵凌渐式微，大寰何处蕴生机？
史轮所向人心向，万马难拖一寸回。

十

问君[2]何事上青天，不羡成仙不羡官。
似笑似嗔默不语，自舒自卷自悠然。

十一

亲人老友俱情牵，水暖濠梁乐小鲜。
祛病不单须药物，清心甘露满金盘。

① 一带一路高端论坛举办。
② 问云。

十二

九万里河清数鲤，五千年史脐高峰。

长笺百丈犹嫌窄，笔扫长天气吐虹。

2017 年 4～5 月

谢沈鹏兄

论交三十载，老病益相亲。

浮世何熙攘，相知有几人。

2017 年 4 月 20 日

钗头凤　次韵奉和马凯同志

风回袖，玉箫奏，千秋乐府今来叩。谁相对？原无配，新天喜见，云霞蒸蔚。美！美！美！　芝兰友，花雕酒，浅斟低唱笑开口。和为贵，人寰内，红牙铁板，至醇滋味。醉！醉！醉！

2017 年 5 月

水调歌头　中秋对月

凉露零秋夜，明月上青天。清光浩瀚如洒，素手捧金盘。忽觉飞身云外，万丈长虹舒卷，振袖舞如癫。沉醉不须酒，高处了无寒。　笑苏子，说明月，或不然。请君周览宇宙，赏月坐飞船。哪有阴晴圆缺，都为不能高视，地面仰头看，世事多如此，万古月儿圆。

2017年中秋

玉楼春　题梅苑①

梅花千树题梅苑，历历前尘蓦然见：拿云心事少年情，洒泪丹青家国怨。　先生墓木高云汉，屈指

---

① 七十年前余方少年，师从陈小溪先生习诗书画。“梅苑”，小溪师所赐之艺名也。今老矣，犹时用之，曰“老梅”。新海中学创建中国百年语文人博物馆，老夫与焉。校方于园内特植多种梅花，即以“梅苑”名之，高情厚谊，感我至深，身未临而神已驰矣。制《玉楼春》。

同窗俱星散。铿然一杖步春风，三嗅梅花香不变。

2017 年 6 月

闲居二首

一

夜眠犹苦热，晓霁喜新凉。
风动枝垂露，云开日漏光。
盆花数开谢，归稿忆行藏。
颇似远行客，呼茶息道旁。

二

居闲宜养病，处寂未离群。
电视知天下，手机会故人。
甘为铺路石，未老补天心。
终古青天在，悠悠来去云。

2017 年 11 月

偶　感

形容枯槁步依藤，百事寻常老不能。

犹剩寸心似春草，风吹雨打尚青青。

2017 年 9 月

吃雪莲果[①]

飞来雪莲果，万里彩云南。

蕴美红泥下，清心玉髓鲜。

开心迎远客，无意荐金盘。

愿佐诗人酒，相交不以甘。

2017 年 11 月

① 雪莲果，产云南，外形似土豆，而果肉洁白如玉，且含糖极少。

开春放笔二首

一

融雪滴檐听足音，新萌捧绿迓东君。
青山对我如含笑，老树摇风恰欠身。
地母无声滋万有，大寰生气蕴诗魂。
长川逝水何曾逝，一笑人生九二春。

二

豪唱低哼喜以嗔，斜风冷雨总关心。
平生燕市行吟客，一个华胥逐梦人。
尚足持生阿堵物，拈来好句万黄金。
忙中不及怜身老，步步新花待写真。

2018 年 3 月

卷二·沈鹏诗词

沈鹏，别署介居主，当今书法泰斗、著名诗人、美术评论家、编辑出版家。1931年出生于江苏江阴，长年从事美术出版工作，四十岁以后投入诗词、书法创作。曾任人民美术出版社总编辑，中国书法家协会副主席、代主席、主席。现为全国政协委员、中央文史馆馆员、中国书法家协会名誉主席、中华诗词学会名誉会长、中国美术出版总社顾问等。沈鹏先生草书独步天下，影响巨大，兼善楷、行、隶多种书体。著作颇丰，先后出版诗词选集《三馀吟草》《三馀续吟》《三馀再吟》《三馀笺韵》，评论文集《书画论评》《沈鹏书画谈》《沈鹏书画续谈》《书法本体与多元》及各类书法作品集凡四十余种。

岳阳楼

独踏晨曦上此楼，巴陵风物烂然收。
水天浩淼开宫阙，日月沉浮孕夏秋。
消长无心随浊滓，驻翔如意羡轻鸥。
画桡漫恋春光永，万顷平波慎覆舟！

1981 年

过香溪昭君故里

汉室和亲一粉钗，红颜事散逐黄埃。
至今尚有香溪水，长想明妃照影来。

自 遣

日夕营营任烂柯①，吾生不耐暗消磨。
东西南北风中竹，春夏秋冬鲁运戈②。
废纸千张③犹恨少，新诗半句亦矜多！
盛时偶见华颠早，马未玄黄④或可驮？

1983年3月

---

① 烂柯:喻世事变迁。南朝梁任昉《述异记》载:晋王质入山伐木,见童子数人弈棋而歌,因置斧听之,起身欲归时,斧柯已烂,还家已过数十年。

② 鲁运戈:鲁阳挥戈之典。《淮南子·览冥》:"鲁阳公与韩构难,战酣,日暮,援戈而撝之,日为之反三舍。"

③ 废纸千张:喻用力之勤。

④ 玄黄:病貌。《诗经·周南·卷耳》:"陟彼高冈,我马玄黄。"

读秋瑾诗

一声霹雳一奇才，慷慨悲歌不复回。

壁上龙泉求侠士，腕中犀管挟春雷。

蛾眉休说非英物，炼石偏教有女钗。

吟到“秋风秋雨”句①，古今浩气自天来！

1984 年 7 月旅穗途中

① “秋风秋雨”句：秋瑾的绝命词。她在推翻清朝统治的斗争中事败被捕，面对敌人的刑讯，据传只写下“秋风秋雨愁煞人”七字作答。

乙丑立夏后十一日与同学顾明远、尹俊华、夏鹤龄、诸幼侬、薛钧陶聚宴甚欢归来赋作

非幻疑真四十年，梦魂常绕大江边。
三春桃李经风雨，一曲弦歌唱曙天。
回首城南皆旧事，分镳江左各新篇。
只今拍遍栏杆①处，犹惹情思一线牵！

1985 年 5 月

梅花岭史可法墓

我来梅花岭，梅花杳无影。
清气满园林，衣冠应未冷！

1987 年 9 月

① 拍遍栏杆：宋代词人辛弃疾《水龙吟》有句曰“江南游子，把吴钩看了，栏杆拍遍，无人会，登临意”。

苏联列宁格勒冬宫

列城宫阙纷无数，屈数冬宫第一宫。
白夜奇观天色白，红场犹挂语牌红。
岁寒岁暖英雄柱，花落花开大海风。
今我此来长久立，谛听时代足音洪。

刘征以《霁月集》见赠读后感赋

读罢君诗子夜深，感君白发孕冰心。
浮生难得开清霁，望眼须惊转晦阴。
万里漫游忧患意，一囊快语古今情。
思君不见通衢过，烈日当头暑气侵。

1989年7月

阿倍仲麻吕诗碑建成有作（三首选一）

日本阿倍仲麻吕（698—770），汉名晁衡，日本奈良时代留学生，遣唐使者。唐开元时来中国，应试中进士后仕唐，致力于中日文化交流50余年。镇江市承中日两国有志之士所托，在镇江北固山建立阿倍仲麻吕“望月望乡”诗碑，赵朴初题碑额，余与田中冻云分别以汉、日文字书写《望乡》诗。1990年12月2日，举行隆重揭幕仪式，日本方面派来白土吾夫、田中冻云等119人的访问团。是为中日友好又一佳话。

哀深李白哭晁卿①，愁满神州遍大瀛。
明月何堪沉碧海，冰心还欲报西京。
丰碑非自斯碑立，诗迹当从业迹生。
我问公于千载下：昔年东渡可天晴？

1990年12月

---

① 李白哭晁卿：李白与晁衡交厚。衡东归遇险，李白误以为死于海难，作《哭晁卿衡》。诗曰：“日本晁卿辞帝都，征帆一片绕蓬壶。明月不归沉碧海，白云愁色满苍梧。”

偶　作

彭寿蜉殇等量观，两间周甲小盘桓[1]。
为人作嫁心头热，处事无私天地宽。
酒尽千觞知冷暖，路行万里识甘酸。
栖栖碌碌何为者，竹杀青时梦始安。

1991 年 7 月

吊瓶输液

吊瓶何物苦张扬？哂尔权充滴漏忙。
我有灵犀通六合，尔当捷足退三江。
恼人春色慵睁眼，入梦诗情委断肠。
愧对白衣频嘱咐，贪灯开卷又轻狂。

1992 年 5 月

---

① 彭寿：彭祖之寿。相传彭祖为颛顼帝的后代，活到八百余岁。蜉殇：谓生命之短。三国吴陆玑《毛诗草木鸟兽虫鱼疏》曰：蜉蝣似甲虫，“朝生而夕死”。周甲：一个甲子，即六十年。两句自谓不计生命之短长，在其间已走过六十年的行程。

一剪梅

一统楼居即大千。除却床沿，便是笺田。岁寒忽忽已穷年。俯仰其间，苦乐其间。　　心远何如地未偏①。不见秋千，但见熏烟。门铃无计可催眠。过了冬天，又有春天。

1992 年 12 月

徐霞客歌

千古一奇人，明代徐霞客。
以身托山川，矢志许六合。
不为辕下驹，耻学裘马习。
应帖非所愿，河汉寄浪迹。

---

① “心远”句:转用晋陶渊明诗意。其《饮酒二十首》其五曰:“结庐在人境,而无车马喧。问君何能尔? 心远地自偏。”

四大付八寰，穷年不停辙。

初泛太湖舟，复临洞庭碛。

攀览松、华、玄，俯窥瀛与渤。

齐州烟九点，潇湘通南域。

当其探粤西，炊断常数夕。

艰难迂盗匪，同行僧先卒。

结好木丽江，身入沐黔国。

江河溯源头，遍考“喀斯特”①。

壮哉滇南行，修志留鸡足。

神驰昆仑巅，锐意穷星宿。

豪言铁铮铮，听之肠内热：

“吾荷一锸来，何处不埋骨？”

凿空汉张骞，唐有玄奘释。

元耶律楚材，衔命向西适。

霞客一布衣，孤筇与木屐。

① 喀斯特：即岩溶地貌。《徐霞客游记》是世界上最早记述岩溶地貌的文献。

生而为科学，终为科学殁。

比之先行者，各自奋全力。

《游记》记壮游，开卷惊魂魄。

抬手摘星辰，涉足入幽窟。

笔录不厌详，目测细毫发。

“世间真文字”，秉笔无矫饰。

“世间大文字”，目遇不暇给。

“世间奇文字”，惊天动河岳。①

我与江阴徐，有幸同里籍。

异代不同时，但恨不得识。

两登晴山堂②，衷心趋拜谒。

人比梅花清③，崇礼④更崇德。

十万里有余，从兹发轫出。

---

① “世间”三句：钱谦益称《徐霞客游记》“世间真文字、大文字、奇文字，不当令泯灭不传”。

② 晴山堂：徐氏故居。《晴山堂帖》摹刻同时代名家墨迹。

③ “人比”句：化用徐霞客诗“春随香草千年艳，人与梅花一样清”。

④ 崇礼：徐氏堂号“崇礼”。

汗漫触鸿蒙，风雨壮行色。
还看今寰球，五洲近咫尺。
缩地有方术，幽远定能测。
电子计光年，瞬间振兆赫。
天外更有天，河外远无极。
探险岂有穷，可贵在开辟。
人在宇宙中，如白驹过隙。
鹏抟乘扶摇，安能恋床席？
思虑胜飞马，行空跬步积。
勿为俗念累，当冲九霄翮。
风云举足间，开拓千秋业。

1993年7月

瞻仰孙中山先生故居（二首选一）

水秀山青孕国魂，金风又送翠亨村。
零丁洋近思文相[1]，两岸源长仰哲人。
酸子树[2]招同道友，甘泉井[3]涌百年醇。
动心最是瞻遗墨，“天下为公”手泽存！

花非花

看是花开非是花，花花都是眼前纱。
雪花拂面迷人眼，入孔杨花乱玉葩。

1993 年 12 月

---

① 文相:文天祥。于南宋德祐初元兵入寇之际拜右丞相。
② 酸子树:先生之手植者。
③ 甘泉井:故居有井,百年不枯。

扬州慢　美国内华达州雷诺赌城

忧喜同门，吉凶同穴，善哉不辨晨昏。有美金百万，刹那富乾坤。请伸手、无须疑虑，雨翻云覆，楚汉遂分。又佳肴美艳，相陪任尔销魂。　虞姬难舍，好男儿、不斩情根。局局是良机，白天好梦，谁说非真？百亿一盘嫌少，雷池外、虎噬鲸吞。所幸多当铺，任凭囊底无存。

整理旧相册

纸上音容即手温，凝情一瞬驻青春。
灰黄难辨阳和景，斑白翻疑月下魂。
秋水伊人何处在？雪泥鸿爪杳无痕。
余生未了三生愿，留住青山病不呻。

1995 年 12 月

乙亥岁寒晨不思起

居家无碍雀能罗，斗柄循环日月梭。
报纸案头翻动少，友朋字债索催多。
因车代步易忘路，无力回天冻亦歌①。
高卧今晨嫌不足，暂凭续梦到南柯。

1996 年 1 月

新添外孙来来有作

小唱呱呱坠地艰，合家老少又添欢。
看他揉面方啼哭，转眼翻身破笑颜。
大德曰生②生不息，与人为善善能安。
咿呀欲问人间事，手足生来未识闲。

1996 年 7 月

---

① 东坡有句“邻鸡冻不歌”。
② 大德曰生:《易·系辞下》“天地之大德曰生”。

“红楼馆”促题匾额

一梦由来最惋伤，欲题四字索枯肠。
人情练达通关节，世事悲欢急就章。
《好了歌》如何好了？《荒唐诗》益转荒唐！
奇书须得千回读，磨墨人磨夜混茫。

1996 年 11 月

鱼化石

海天一何宽，汝命一何仄！
亿年瞬息间，瞬息入幽黑。
银鳞透新鲜，躯体不得直。
骨刺细髭发，有如利刃刻。
昔日浪游欢，焉知地崩殛。
一旦罹祸殃，微躯永逼塞。

当其葬身时，地球鱼鸟国。
恐龙未降生，遑论后与稷？
渺渺数亿年，汝我偶然识。
安置书橱中，琉璃添颜色。
虽然为汝冤，复喜我有得。
有云造化初，人猿源鱼殖。
鱼渐变猿人，人复将鱼食。
人又相摧残，彼此互消蚀。
此鱼不饲人，却也实有德。
天地何不仁，万物刍狗饰。
不若学此鱼，石化尽天职！
天地何悠悠，一鱼伴我侧。
鱼兮有性灵，与我同相忆。
不为物所喜，不为杂念恻！

1998年2月

如梦令　纽约唐人街

远望琉璃黄瓦，牌匾汉文题写。孔子立铜雕，《礼运·大同》高挂。华夏，华夏，跨越中西文化。

解佩令　华尔街股市

荧屏飞盘，万头蚁动。不应分计但知争秒。刹那连城，更许是、百般皆了。闹纷纷、梦牵魂绕。

街名华尔，楼高蔽日。弹丸场、主金融脑。过客匆匆，脚底下、街心磨老。向谁言：月圆花好？

采桑子　经大西洋城，阅报悉沈阳于“九一八”建立大型警世钟

柳条湖水秋应好，岁岁今朝。又是今朝，和泪

《松花江上》谣。　　向洋送目西风劲，往事灰销。未忘灰销，警世钟声挟怒涛。

自述杂诗（二十二首选五）

红橙黄绿青蓝紫，生我之时颜色死。
阴暗朦胧唯混沌，号啕顿足烧冥纸。

相逢宿世曾相识，人海慈航倍惜阴。
月下花前行不足，两张床合一条心。

熟读唐诗尊二杜，郁苍清隽各风流。
何当生我千年上，旦夕追随与共游。

作嫁衣裳续骨膏，岂曾花季乐逍遥？
风波迭起萧墙内，大好时光空自抛。

不从笔诀求书意，还向心中取别裁。

独接毛锥千载上，远绍情性自天来。

2000 年 1～2 月

访　日（四首选三）

川端康成《伊豆舞女》写作地

“天上人间会相见”，川端手泽足沉吟。

清溪一缕芳龄女，红叶满山华发人。

浴室温汤凉复暖，乡间故事久弥真。

下山邂适双双踊①，傥是先生笔下身？

假名书法

万叶②丛中发秀姿，空灵摇曳舞腰肢。

平安③风气谁先著？五色云笺贵妇诗。

① 踊，日语称舞蹈者为舞踊。

② 万叶，指《万叶集》。

③ 平安，日本平安时代，公元 794—1183 年。

上野公园有搭篷露宿者

胜地何时裹绿衾？晚秋时节嫩寒侵。
贫民无处安身宿，携得猫儿守夜深。

2000 年 10～11 月

无　题

一句新鲜留齿牙，烂梨万颗兴全赊。
无晴却道有情好，有语偏言无雨些。
格物致知丧我否，学书得道隐机耶？
诵经新进 CD 片，“净土”“往生”① 都靠它。

2001 年 3 月

① 净土、往生，佛教以往生西天净土为修持目标。

咸亨酒店

有客皆西服，无人着布衫。
茴香豆味减，绍酒性微甜。
黑板无余债，红绫不负廉。
门前孔乙己，顾影尚羞惭。

2001年6月

酬一丹、孟为以子萱胎发制笔见贻

天生一个小灵胎，预卜他年咏絮才。
愧我贪天占异宝，爱她坠地散奇财。
死生毫发论千古，得失文章问九垓！
昨梦神锥①花又发，老夫心向稚儿开。

2001年12月

① 神锥：即毛锥，指笔。据《开元天宝遗事》载，大诗人李白曾梦所用之笔，头上生花，此后文思敏捷，诗才横溢。

跋自书行草《古诗十九首》长卷

古诗溯悠远，音响一何悲！
世路或可逆，物事与心违。
念彼浪游子，无枝可凭依。
天寒复日暮，人马相困疲。
欲采芙蓉去，远道又多歧。
漫云客行乐，聊自解忧思。
我书《十九首》，生年不共时；
上下二千载，墨迹和泪垂。
何以慰游子，报与明月知！

2002年1月

苏州退思园

天然一座盆中景，剔透玲珑点缀成。

针刺女红双面绣，池开仙境一帘晶。

窗含松竹空间阔，壁隐文书异景生。

若不游人纷似织，枝头倦鸟勿须惊。

2002年2月

报载有议南京大屠杀纪念馆改名“国际和平中心”引起反响

目盲迷五色，耳聪一何塞！

只今雨花台，夜夜鸣断戟！

2002年3月

笔　殒（二十首）

一

巨障书成面壁观，锥毫脱落忽成残。
十年一剑真如此，宁惜余年鬓发斑？

二

梦笔生花笔散花，笔兮辛苦亦堪嗟。
一从秦将搜三窟①，多少儒生格上爬。

三

春归懒读《瘗花铭》②，却数锥毫伴落英。
尤物还从天地去，随行随葬过清明。

四

非是江郎已尽才，流光容与尚徘徊。
爰移黄土埋残管，一夕能催百卉开。

---

① 秦名将蒙恬，据说曾以兔毫改良毛笔。“三窟”，藏兔之地。
② 梁代庾信作《瘗花铭》。

五

乐此吾疲罢亦难，心花欲放此花殚。
要津不与雕虫事，况是凭几独暮寒。

六

方圆曲直枉由人，工具曾充驯服身。
散发扁舟归去也，秋风乍起忆鲈莼。

七

力耕不觉鬓毛衰，勤拂案头细积埃。
弃我无痕应有意，勉将凡骨换金胎。

八

一毫脱落万毫颓，齐力犹须逆水推。
旧学无多新进少，新年又入旧年催。

九

亦恶时风亦尚同，有时兴至挟清风。
笔残总为多承力，力在其中是藏锋。

十

散入乾坤混迹尘，云霄万古一毛新。
若言此去无余憾，报与群芳共惜春。

十一

予欲无言欲敛言，毛锥挥去又跟前。
今朝定与君相约，作罢斯篇不续篇。

十二

陟彼高冈苦负荷，年来翻是出新多。
辉煌盛世居安日，毋忘思危夕枕戈。

十三

倚马千言未足奇，一言传道即吾师。
擘窠巨榜蝇头字，小大由之识所归。

十四

盗跖寿终颜子夭①，中山兔颖竟先凋。
力穿纸背因招损，苟利生民不避劳。

十五

朝发传真暮速催，王生②耻听说“嗟来”。
高山流水无人会，能事无能谢不才。

---

① 盗跖：传为春秋末期人，在庄子笔下是十恶不赦的恶人。颜子，孔丘弟子颜回，德行高尚而早卒。元胡震《周易衍义》曰：“由其变而观之，以原宪而贫，以季氏而富；以颜子而夭，盗跖而寿，其祸福又有不自已致之者。”

② 王生指唐王宰。杜甫《戏题王宰画山水图歌》：“十日画一水，五日画一石。能事不受相促迫，王宰始肯留真迹。”

十六

入得专门无足观，不追谈戏不暇餐[①]。
烟斯庇里纯[②]消减，容膝宽余却少安。

十七

自书俚句自长吟，自采葑菲抵万金。
才近槽床若沉湎，已迟发愤但求心。

十八

作嫁为人人笑痴，悬梁刺股[③]已非时。
蝇成误墨[④]闲喷饭，不悔年年得句迟。

十九

九朽一罢忘筌蹄[⑤]，虽在新奇不自欺。
笔冢如何论了得？揉沙潋泪泪招讥。

---

① 见赵壹《非草书》。戏者，戏笑也。

② 烟斯庇里纯，英语“灵感”一词的译音。

③ 悬梁刺股，用功苦读之典。《太平御览》引《汉书》曰：“孙敬字文宝，好学，晨夕不休，及至眠睡疲寝，以绳系头，悬屋梁，后为当世大儒。”又《战国策》载苏秦研读《太公阴符》时，“欲睡，引锥自刺其股”。

④ 唐张彦远《历代名画记》：“曹不兴，吴兴人也。孙权使画屏风，误落笔点素，因就成蝇状。权疑其真，以手弹之。”又一说，“误墨（笔）成蝇”事出自杨修为曹丕画扇。

⑤ 九朽一罢：宋邓椿《画继》：“画家于人物必九朽一罢。谓先以土笔扑取形似，数次修改，故曰九朽，继以淡墨一描而成，故曰一罢。”忘筌蹄，《庄子·外物》：“筌者所以在鱼，得鱼而忘筌；蹄者所以在兔，得兔而忘蹄。”

二十

五色令人目眩昏，我从诗意悟书魂。

真情所寄斯为美，疑似穷途又一村。

2002年5月~2003年5月

浪淘沙　泰国桂河大桥

二战期间日寇从亚欧各地抓劳工铺筑泰缅铁路。

白骨已长眠，河水呜咽。太平洋上布狼烟。枕木囚徒驮瘦脊，铁轨魔鞭。　浆影伴佳筵，歌舞灯前。此情恍若已全捐。行尽桥头寻折戟，汽笛鸣天！

鹊桥仙　“人妖”表演

声光杂沓，满台娇艳。拂乱青春花季。无边风月隐凄迷，竟忘却身儿何寄？　不分鹿马，混淆鸾凤。凡事逢场作戏！念彼子弟出良家，又看那婆娑舞起。

2003年1月

楼道壅塞

吾家偏爱门前雪，休管他家雪上霜。
敝帚奇珍盆聚宝，烂梨足惜架铺床。
楼台近水先占月，风雨同舟且闭窗。
世味年来纱样薄，转言房价日高昂。

2003年3月

黄山人字瀑

久雨初晴色色新，山光峦表逐层分。
路回忽听风雷吼，百丈飞流大写“人”。

七二初度午醒

无酒无花无自寿，浑然一觉日偏西。

汽车深巷驰金笛，宠物高楼搭电梯。

事过境迁多健忘，云舒风卷不迷离。

案头山积何时了，今是当思昨事非。

2003 年 8 月

圆明园

残柱雄浑证故园，夕阳斜照火焰燃。

“仙人承露”① 从头塑，皇帝新衣照旧穿②。

断石砌桥余半孔，小池插柳补前缘。

生肖金像流西国，片羽连城重赎还。③

2003 年 10 月

---

① 仙人承露乃园内一景。汉武帝刘彻听信方士，制金铜仙人承露盘，接饮露水以为能长生不老。

② 入园处有制皇帝御衣出租留影。

③ “生肖”二句：圆明园大水法十二生肖铜像是流散海外的国家级文物，2000 年中国保利艺术博物馆以 3317 万元港币，从香港佳士德、苏富比两家拍卖行购得铜牛头、猴头和虎头三件，何鸿燊又于美国私人收藏者手中购回铜猪头，捐赠保利艺术博物馆。

报载比利时遗留“一战”时军靴照片

敝屣已然成化石，无情岁月积霉苔。
残阳血色笼深影，犹有灾余未冷灰！

2003 年 11 月

癸未冬日

已是严冬入岁余，妙龄少女许裙裾。
比肩接踵人无恙，狭路行车雪未除。
花果四时赢一色①，酒家随处价悬殊。
电波刻报儿孙健，却废毛锥两地书。

2003 年 12 月

① 人工培植花果，无分四季。

华清池管理处嘱步郭沫若、董必武二老韵

历尽春秋木石苍，华清风物远承唐。
兰汤①温润迷心腑，桂殿②荒芜寝帝王。
何必红尘悲失路③，应从青史记亡羊④！
秦皇陵⑤下今宵梦，兵马千军⑥助小康。

2004 年 5 月

---

① 兰汤:有香味的热水。屈原《九歌·云中君》:“浴兰汤兮沐芳,华采衣兮若英。”唐白居易《长恨歌》写李杨故事曰:“春寒赐浴华清池,温泉水滑洗凝脂。侍儿扶起娇无力,始是新承恩泽时。”

② 桂殿:宫殿的美称。汉长安宫中有铜桂殿。唐玄宗有咏温泉之诗曰:“桂殿与山连,兰汤涌自然。”

③ 红尘悲失路:用曹魏时人阮籍典事。《世说新语》注引《魏氏春秋》载:“阮籍常率意独驾,不由径路。车迹所穷,辄恸哭而反。”

④ 亡羊:“亡羊补牢”典,意谓当记取历史教训。

⑤ 秦皇陵:在陕西临潼骊山,西距西安 35 公里。堪称天下第一陵。我国曾于 2003 年对陵园进行了大规模的遥感技术探测。

⑥ 兵马千军:指秦始皇陵东 1.5 公里处从葬区的兵马俑坑。1974 年以来,发现俑坑三处,呈品字形排列,出土陶俑 8000 件,战车百乘,实物兵器数万件,1987 年 12 月与秦始皇陵一并列入《世界遗产名录》。

偕苏士澍访启功先生

三径小红楼，春阳一束投。
书斋兼课室，学子亦朋俦。
道贵非身外，诗清自诩油。
何来新阿堵[1]？今古漫悠游。

2004年2月

中央电视台为余摄制《岁月如歌》返里得句

行远喜闻跫足音[2]，儿时岁月杖藜寻。
园中桂子庭前月，白发依然赤子心。

2004年8月

① 阿堵：晋人方言，犹“这个”，此处指电视机。有戏言启功先生家无电视机，今日知非。

② 《庄子·徐无鬼》：“夫逃虚空者，藜藋柱乎鼪鼬之径，踉位其空，闻人足音跫然而善矣。”

纪念阿倍仲麻吕诗碑建立15周年

（二首选一）

皎月重圆日，登临负丽天。

大江容蜀水，北固卧吴烟。

白石身无恙，青山诗有传。

悠悠千载后，谁个到峰前？

于右任《望大陆》诗40周年纪念展作

国殇垂暮诉苍天，痛贯心肝六十弦。

蜗角不宁多憾恨，高丘明月照无眠。

2004年11月

客外伶仃岛，巧于七年前旧游处卧室小憩

不作伶仃叹，立身百岛群。
楼台山水雾，杖履日星云。
高枕追前迹，柔衾绕昔温。
窗飘孤小屿，植被已无存！

2004 年 12 月

水调歌头　　印度洋海啸

风定艳阳日，海底激雷奔。霎时数百公里，浪遏触昆仑。搅得天昏地暗，恣肆狂涛泛滥。板块只微瞋。人命竟如蚁，十五万冤魂！　　赈峰会，红十字，急孤贫。蜗牛角上，争斗何日息尘氛？可叹红松临绝，更有珊瑚喋血。灭顶警沉沦。温室温须降，共建地球村。

2005 年 1 月

上海黄浦江夜游

十里洋场夜未央，楼船来往织梭忙。
骄阳消息寻何处？散入吴淞七彩光。

2005年夏

刘征书赠《八十自述》奉和以报

云卷云舒惯自如，岁寒夜雨赚三余。
何尝烦乱离尘网，太过天真尽信书。
慷慨临川悲逝者，痴情系日贵宏图。
不才虽悦新装美，羞问“画眉时尚无?”

2005年6月

山居夜静

苍茫暮色山如铁，万里无云月似钩。

诗思潜蛩吟断续，凉风初透入清秋。

2005 年 10 月

念　慈

告别慈容九阅年，至今一念一潸然。

墓前宿草春应发，枥下老骀宵未眠。

家累何如安社稷？人和毋忘近研田。

节逢小雪迎飞雪，点滴须能到地泉！

2006 年 1 月

读马凯诗词集

识君欣未晚，把卷晤平生。
笔底家常话，人间风雨声。
庙堂忧百虑，江海远浮名。[①]
案牍劳形后，才情逐夜升。

2006年5月

丙戌春节周笃文先生著文评拙诗，吟得七律以谢

爆竹换符难许眠，感君元日启新篇。
平时一个行吟者，忽报满头飞雪年[②]。

---

① 马凯有治长江洪水诗10首。
② 读周文时，京中降雪。

“不主故常”[1] 偏转拙，岂为通变委求全？
痴迷自笑原无意，不废心声恶废言！

2006 年 2 月

雨夜读

此地尘嚣远，萧然夜雨声。
一灯陪自读，百感警兼程。
絮落泥中定，篁抽节上生。
驿旁多野草，润我别离情。

2006 年 5 月

① “不主故常”,周文用语。

读聂绀弩手稿《马山集》[1]

未许名山后世藏，惊心弃璧泪盈眶。
屠龙屠狗郢挥斧，非马非牛国有殇。
半寸柔毫南蓻者，三千毛瑟北荒章。[2]
诗人不幸诗坛幸，时女还忙时尚装。

2006年6月

体检戏答友人

底事勤追底事忙？儿时游戏捉迷藏。
不知隐者栖迟处，多谢友人劝设防。
得失恒如塞翁马，死生休记名利场。
家余长物唯宣纸，兴至能挥百万张。

2006年7月

---

① 《马山集》，聂钳弩1962年自选自编旧体诗集，含序诗共40首，手书于一本印谱空白页上，署名"痱翁"，未刊行，发现于北京第十六中学查抄的"四旧"书刊堆里。

② 聂诗有《南山草》《北荒草》。

杞人歌

——读刘征文，并贺刘征寿

世上多忙碌，谁人作杞人？
天地岂崩坠，万物固因循。
天地若崩坠，断非天地尊。
皇天暨后土，明主与微臣。
女娲诚多事，忘身一钗裙。
后羿焦渴死，谓是主义真。
忧患徒辛苦，居安康乐身。
有怜忧天者：“枉为心力勤。”
我之所忧者：杞人忧不闻！

2006年8月

山　村

竹丛黄雀声声噪，拂面杨花人意闹。
好雨疏风一夜间，山村围着余芬绕。

2007 年 5 月

新秋偶成

叶落秋风至，仰天长一呼。
凭窗无远目，伏案可幽居。
暇日休窥镜，忙时要读书。
夜阑闻蟋蟀，能入我床无[①]？

2007 年 8 月

① 《诗经·国风·豳风·七月》:“七月在野,八月在宇,九月在户,十月蟋蟀入我床下。”

渡江忆

2007 年 10 月 9 日游长江口，念及 70 年前在此地，全家乘小木舟险渡逃难。

噩梦依稀命若鸡，嗟余三尺一孩提。
懵懂哪识卢沟月？顽钝敢瞋圆日旗。
假使大江翻浊浪，断无小雁印新泥。
长桥今喜腾龙起，酒绿灯红毋忘归！

2007 年 10 月

金　婚

曾储佳酿酬佳日，正值今朝共举觞。
婚有金银红钻石，人期肝胆热心肠。
夕阳斜照怜光好，老马骞行怕瞎忙。
细沫相濡多少事，悠悠江海不相忘。

2007 年 12 月

咏　表

履正循规续续移，百千亿载不吾欺。
针行微秒无回顾，目盼良辰反误期。
性向A型贪觑表，身由独处懒闻鸡。
昨非今是知多少，世事悲欢莫问蓍。

2008年3月

绿　茵

五·一二之前，汶川无所闻。
五·一二之后，汶川即近邻。
虽无亲戚故，愿为汶川人。
震波有远近，灾情见亲姻。
神州凝板块，造化变晓昏。
注目瓦砾场，秧苗又绿茵。

2008年6月

七 七

文章千古贵求真，此理寸心弥觉新。
割尾妄论人曳尾，立身憾对自由身。
问医何若先提气，用志不分凝入神。
日计有余年未足，无花无酒又逢辰。

2008 年 8 月

煤矿事故有作

不向天廷偷圣火，甘从地下取光明。
沉沦黑狱凭谁问？须自煤层掘底层！

2009 年 2 月

寒山寺题壁

钟声回荡夜迟迟，过往客船江月思。
阅尽古今无限事，寒山化育一身诗。

2009 年 3 月

入夏抒怀

人穿纱袖我绒衣，岁月无羁物理移。
轻薄杨花风扑面，深情种子雨潜泥。
好书辍读添遗憾，敝帚犹珍欲化梯。
九十周年逢五四，前程德赛复奚疑？

2009 年 5 月

北京新闻学校同学聚会

相见犹如在梦中，乌丝皓发影重重。
一锤驯服磨工具，十载荒唐启玉龙。
大道青天难得出，少怀红日转成空。
驽骀垂老输余力，不羡江湖弋钓翁。

2009年9月

珠海庚寅元日晨起即句
（二首选一）

醒来一觉已庚寅，异地春寒讶此身。
断续涛声催我早，荡胸今与海涯亲。

读和珅诗觉人性之复杂

雅说生民苦，颂歌皇圣恩。
诗才惜伶俐，权术合斯文。
礼佛慈悲相，入朝魑魅魂。
一编劳百态，万变不离根。

2010年5月

庐　山

成岭成峰幻亦真，访寻胜迹辨苔痕。
别居尘外灵虚地，故事云中谲变身。
窥洞或疑仙有窟，闻风早识世无神。
升登浩荡含鄱口，千里扬帆物候新。

2010年8月

南歌子　晓川文兄赐贺，步原玉以谢（二首选一）

入世难除俗，浮生几度清？蜉蝣彭祖笑同龄。南北东西华盖也相倾。　　庾信文章老，青莲铁杵成。穷年碌碌暗添惊，流水能西有我未曾经。

2010年7～8月

埋　笔

秃笔曾来择地埋，祭坛作意护残骸。
衣沾晓露觅前迹，卓立红花一朵开。

2010年9月

友人赠“八十后作”印章

笑我行年八零后，多承美意赠华章。
晶莹白玉真君子，烂漫朱砂七宝妆。
自有天然宜款处，岂甘屈就勒名缰。
柔毫铁笔双飞舞，除却诗文不是忙。

2010 年 9 月

沁园春　吴哥古窟

热带丛林，一马平川，古窟列张。望灵岩雕琢，崔嵬佛阁；苍穹变幻，驳蚀华堂。斧钺天开，国师谋略，牛鬼蛇神到此狂。乘豪兴，有同来众侣，慷慨宫商。　千年风雨无常。念往昔、干戈动八方。纵物移星换，土埋陈迹；时来运转，璧合重光。庞贝墙垣，泰姬陵墓，万里长城一帝王。文明史，尽苍生汗血，睿智流芳！

2010 年 11 月

南歌子　步晓川诗兄原玉

大地焕金黄。机上传来晚稻香。万米高空平地越。长江！江尾痴心瞰故乡。　　游迹旧难忘。未及言欢叠韵狂。闻说日吟千句少。登堂！入夜庄周意更长。

2010年11月

蟹　争

人将食蟹詈横行，不见泥潭路不平。

公子无肠多有骨，老饕狂酒毕原形。

尼龙捆绑紧松散，釜镬森严郭索①争。

烈火蒸烧尚生猛，一拼坠地免遭烹。

2010年12月

① 郭索：蟹爬行声，见司马光集注扬雄《太玄·锐》。

罗丹《思想者》

何处天涯路？沉思地狱门。

弯腰缘重担，蹙额锁灵魂。

举世咸娱乐，斯人独失群。

百年苦求索：底事闹纷纷？

2010 年 12 月

靳尚谊兄为余画素描像

真我果然如是耶？画图便教识年华。

静观毫发蕴霜雪，迫察神情探迩遐。

纸上音容随自在，胸中海岳避喧哗。

身为形役难为己，学也无涯胜有涯。

2011 年 2 月

辛卯元宵前，访刘征兄于昌平汇晨公寓，旋得征兄一绝，依原韵奉和

真人已炼钢筋骨，君子之交淡水杯。
不羡皇陵名胜地，苏、辛遗韵问从来。

2011 年 2 月

过苏州天平山

白云泉水问源头[①]，身与范公形影游。
体味饔飧断齑粥[②]，从知天下乐和忧。

2011 年 4 月

① 天平山有白云泉。
② 范仲淹断齑画粥事。

聂绀弩《马山集》手稿杀青

逋逃劫后尘网留，墨迹斑斑岁月稠。
画地作牢悲语涩，为丛驱雀大荒游。
身心异处祸缘尾，鹿马无分福满楼。
亦道亦魔魔有道，斯翁一卷鉴狐丘。

2011 年 6 月

朝阳化石歌

辽宁朝阳，化石物种丰富，保存精美，显现生命演化之连续，被誉为“世界中生代古生物化石宝库”。

盘古邈矣安可测，创世焉能仅七日？
四六亿年地球史，物理运行循天力。
时当白垩纪后期，小球轻击恐龙灭。
地天开辟新纪元，湖海山陵重纠结。

朝阳区域气温高，树丛茂密水网集。
飞禽游鳞自在身，行天入地生不息。
更有原始孔子鸟，冲天翱翔争独立。
乾坤摇撼阴阳差，火山崩坏毁裂缺。
烈焰浓烟喷九霄，覆盖千里何仓促！
狼鳍鱼儿首尾摇，辽龟伸颈方欲直。
巨虾触须待舒伸，禽龙呼啸施诡谲。
可怜鹦鹉戏双双，交颈拥抱竭欢悦。
真情相爱共死生，超越时空长抚恤。
刹那动静入永恒，亿载沉睡梦日出。
地幔震怒无尽已，祸从遐迩遍八极。
树丛花草听惊雷，万钧霹雳又何急！
老树拱抱大树围，小枝亭亭美琴瑟。
切磋琢磨光鉴人，横竖观察细毫发。
又有被子类鲜花，娉婷婀娜美通脱。
地面花开万万千，此花堪称第一色。
火山灰尘落纷纷，花嵌岩层若绿玦。

噫嘻一亿五千万年至于今，我来摩挲化石巧相识。

沧海变桑田，海枯石不烂。

虽然奇形怪状已长眠，生命代代赋新篇。

化石石不化，与我身心永不隔。

地球生物二百万种之伟观，人类过客匆匆仅其一。

古生物，我祖先。

敬畏大自然，予也欲无言。

但又痴想再越一亿五千万年后，

与汝相期身为化石奉献作科研。

无穷极！

2011 年 7 月

八十抒怀

少年多意气，老大事无端。
不改东阳瘦，亦羞南郭餐。
随波推浪易，为己读书难。
内外围城里，平生未等闲。

2011 年 9 月

新岁感事

岂失余情忘乐忧？万花筒里镜中浮。
诗无达诂偏求甚，事有固然曾未休。
龙凤祉祥恭纳吉，儒生迂阔动言愁。
如何了得杞人虑，豪取地球分月球。

2012 年 1 月

溽　暑

溽暑阴霾六月天，甘霖点滴有无间。
小吞进口安眠药，不觉通宵淫雨篇。
帘静愧疏窗外客，心清暂享枕中仙。
邻翁谁与相呼饮？钻刺装修无日闲。

2012 年 7 月

鸣蝉小憩纱窗

窗拥绿纱闻好音，一蝉游冶偶光临。
缘何芳翅独流寓？岂有疏桐违素心。
身细难从语冰雪，声清且与乐焦琴。
忽惊异动人相扰，振翼冲飞不可寻。

2012 年 8 月

步刘征兄《隐忧》

后庭花谱唱通红，忧乐违时衰朽翁。
稳定千条维大局，析疑一语碍高墉。
琼台缥缈圆明镜，业迹辉煌指日功。
拦轿欲前前路损，桥墩新圮恼东风。

2012 年 11 月

晓川诗兄嘱句贺岁

旦复旦兮云烂漫，神州奇事梦①圆还。
巡天下海寻常看，世局烹鲜②迎倒澜。

2012 年 12 月

① 2012 年年度字：“梦”。
② 《老子》：“治大国若烹小鲜。”

酬刘征赠“碧海星天”砚

何求交臂与神仙，且喜诗思涌若泉。
助我临池通海岳，慕君落纸散云烟。
文心若许庸常语，矢志焉担道义肩？
夜望星天驰旷远，老来铁砚敢磨穿！

2013年2月

马　咏

疆场万里一横行，呼啸风飞龙虎声。
志遂霜蹄弄骄影，功成玉辔待新征。
槽寒旧日三餐少。厩满今时四海宁。
报效忠诚生死事，膘肥还欲请长缨。

2014年2月

殇甲午海战

百二十年弹指间，沉沉黄海浪滔天。
革新利炮蛇欺象，迂腐朝廷园戏船。
将士捐躯岂畏葸，中枢卖国保全官。
硝烟散尽何曾了？圆梦应从噩梦观。

2014年3月

临江仙　步林岫君，余亦曾除目眚

蓦地掀开云雾罩，神清志远专精。小儿阅世落胎惊。人间原若此，世事几清明！有说糊涂难得好，悟空累坏金睛。苦心赢得儿真情。由来多少事，颠倒浊和清。

2014年4月

笔　诗

小大由之两自如，颂恩认罪切时需。
毫毛驯服随心使，工具循良任性呼。
识字催生忧患始，诵经打造睿思除。
在齐太史贵操守，寸管身微独展舒。

2015 年 3 月

寄吴荫循、文椿君，高邮下放有思

早将垂老弃闲愁，旧事浓云未即休。
锣鼓喧天号跃进，稻禾易地诩丰收。
炼钢持续心添火，恨铁不成人缺油。
是处古遗前驿站，何从快递禀王侯？

2015 年 6 月

贺刘征诗词研讨会暨诗书画展开幕

根深梅老走龙蛇，漫品醇醪陆羽茶。
掷地有声真铁石，临川着墨幻云霞。
庄严谐谑婴儿语，寂寞充盈处士家。
岂止一身三绝并，心存大爱放心花。

2015年6月

忆秦娥　九月三日阅兵大典

长风激，碧天如洗雄鹰击。雄鹰击，彩虹飞画，啸呼鸣镝。　　河山重建光阴急，长龙方阵东方立。东方立，高翔白鸽，梦圆和璧。

和答黄君《黄庭坚与中国文化高峰论坛赠诸公》

长存浩气转时轮，忧乐从头议国魂。
双井未瞻先得月，人文大旨恤人伦。

2015 年 9 月

宇宙中屡现与地球相类者

小小地球形不孤，堂兄堂弟远相呼。
皑皑深浅疑冰雪，赫赫高低类宅居。
亿万光年邻里近，无边长夜立时趋。
电波或早翩然至，只恐吾人蠢若猪。

2015 年 10 月

放龟行

友朋远方来，贻我绿毛龟。
大不过手掌，甲壳铺苔衣。
衣长径盈尺，胜过翡翠枝。
又杂黄金线，天女架织机。
双眼湛光亮，神情赛小儿。
遥想江湖里，也曾遇惊奇。
蓄之陶瓮中，颐养胎息微。
饲彼一小虫，旬日能忍饥。
可惜蜗居窄，长年碍旁窥。
龟耶虽长寿，终究恋海湄。
一日生异想，我心发慈悲。
何如放生去，纵彼游天池。
手提丝罗网，恭敬此神稀。
沿途慎看护，勿使遭险危。
路上往来人，啧啧称龟仪。

多言品种异，超凡脱俗姿。
又比现代派，价格定不菲。
囤积藏秘室，日久更居奇。
再有饕餮者，垂涎快朵颐。
蒸煮饮美酒，醉倒佛亦迷。
蓦地观者众，哄然将我围。
声言出重价，纸币举高扬。
价格倍飙升，胜似拍卖行。
我情急坚拒：尔辈休轻狂！
有一歪戴帽，动手触宝囊。
速将拢怀抱，岂敢皮毛伤！
俯察绿神龟，神态仍安详：
乳婴初入世，毫无预设防。
摆脱众小子，咫尺近池塘。
忽觉遇盯梢，贼眼滴溜望。
或为贪铜臭，或为肉味香。
一旦放池塘，宝物势必遭毒手，
放生反而蒙大殃。

顿即生一计，暂将宝物献，手机拨通动物园。

回话此举异，入账无来源。

又问某要局，徒听响长音，电话空置人不闻。

眼看池塘边，有持钓钩蹲。

满脸酒肉相，绝非姜太公。

挣脱哄抬者，即速归道中。

却看道两旁，早有鬻者手提笼，

笼中物物皆珍品，鼋鳖百足虫。

慈悲者护生，贪欲者弯弓。

求我买与卖，只当耳边风。

旋又改道行，紧搂可爱之精灵，

视如亲子两心同。

急急向前冲，喘息归故宅，陶瓮安然在，

胜过人间安乐宫。

五湖四海尽辽阔，可叹是处暂从容，暂从容！

2015年12月

题吴为山赠《路遇图》

瘦儒生与隐山僧，邂逅江湖即永恒。
垂柳抽丝倚根老，灞桥别友折枝青。
欲穷禅理风尘事，却道人间浇薄情。
天下滔滔咸过客，临行愧忘叩尊名。

2016年4月

奉和马凯、晓川诗兄

屈宋风流意未迟，诗骚古韵绽华枝。
百花竞放开生面，万马齐喑不耐驰。
善恶铺陈善集义，喜忧曲折喜宏辞。
何堪滥调叠高架？耸耳鸡啼易岁时。

2017年1月

步黄君韵回赠

雪飞初放霁，门启敞予怀。
目睹人间相，语从道义开。
寒灯呵墨冻，春柳剪书裁。
为艺尊山谷，穷将疑析猜。

2017 年 2 月

读鲁迅《阿 Q 正传》（四选二）

一

土谷祠中一短工，毕生命运岂徒穷。
精神胜利传家宝，双膝天然关节松。

二

比阔哄抬老祖先，赵爷捆耳托名传。
果真老子打儿子，仗势前攀五百年。

闻　雷

仰首苍天吟式微，闷雷霹雳雨声稀。
逆风难扫乌云去，故事重来老马归。
笔债寻常行止有，人生耄耋日行西。
如何了得论高谊，众里相逢转话题。

2017 年 7 月

重九抒怀

佳节号重阳，复命老年节。
年老亦可敬，登高夙情结！
秋光拂爽气，高峰揽日月。
望远念亲朋，依依曾惜别。
安好可如初？加饭健筋骨。
两地插茱萸，叹息肠内热。
昔我年少时，双鬓早染白。

自谑龙钟态，壮志献热血。
即此倍惜阴，跬步便捷足。
昨夜获航邮，开阅心急切。
怡然呼我翁，祝我寿无极。
逝者竟如斯！抬头看日历。
所幸有自负，望崦嵫勿迫。
暇时休对镜，管他满头雪？
久病懒问医，一卷胜药物。
又贵一身轻，不弃两支笔[①]。
迂拙疏电脑，把管兴勃勃。
笔也遂吾愿，岂敢任易辙？
童心至可宝，老马长途识。
闻道不厌迟，朝乾复夕惕。
识字忧患始，士人尽天职。
重九须登高，远离碳化物。
环境诉险恶，我心常恻恻。
天地非不仁，刍狗人作孽。

---

① 毛笔、钢笔。

登高养浩气，胸襟旋开阔。
俯仰天地间，神驰无穷绝。
人类共命运，舍此何抉择？
银汉千千亿，珠峰低屋脊。
奇思外星人，触手可相即。
又恐不知彼，小球比蚁穴。
珍重分秒间，眼下至足惜！

2017 年 11 月

唐玄宗端午宴群臣赐诗探得“神”字（三首选一）

金銮无处不称“神”，小弄机关大雅臣。
一字拈来喜盈色，开元遗事探升沉。

2018 年 6 月

卷三·周笃文诗词

周笃文，字晓川，别署影珠书屋，1934年生，湖南汨罗人。当代著名学者、诗人。历任中国新闻学院教授、中外文化研究所所长。师从夏承焘、张伯驹二老从事诗歌创作及宋词研究。曾参与创建中国韵文学会、中华诗词学会、《中华辞赋》杂志、中华吟诵学会等。是享受国务院特殊津贴的专家。为中央电视台《中国诗词大会》首席顾问和“诗词中国杰出贡献奖”获得者。著有《宋词》《宋百家词选》《金元明清词选》《豪放词》《婉约词》《华夏正气歌》及《周笃文诗词论丛》。已出版诗词作品有《天风集》《影珠书屋吟稿》《霜柯集》《当代中华诗词名家精品集·周笃文卷》等。所撰《雁栖湖会都赋》已刻石雁栖湖会都塔亭中。

大通江泗渡

击水扬波兴自豪，任它雨急与涛高。

阿郎家在江南岸，惯弄钱塘百尺潮。

1953年

中秋步月

联袂前行不计程，穿林越坎更风情。

光明一片当头起，好策骅骝去远征。

1956年

少年游　有怀南仑故里

予怀渺渺洞庭波，银浪点青螺。水远山遥，笑桃人去，休问旧梨涡。　清词剩喜鸿边至，偏爱晚晴和。瑶瑟清音，林泉高致，文采似星罗。

1965年

生日有感

一

锦瑟华年去似流，琅玕袖里又谁投？
空将报国书生泪，掷与天风一恸收。

二

腐鼠今真贡上厨，呶呶猜意向鹓雏。
振衣未下千崖顶，肯顾戋戋小丈夫。

1966年

金缕曲　感事

霹雳当空击，卷狂飙、昏天墨日，海翻山坼。浩浩乾坤经劫换，鬼火磷磷青碧。纵横是豺狼孤蜮。万里长城真自毁，向高天、百问偏岑寂。骚楚恸，此何极。　　大江不废流朝夕。任儿曹、泥污秽染，清澄如一。检遍中华千卷史。攻略人间谁及，更仁德、人间谁比？眼底浮沉焉足数，定忠奸、自有春秋笔。千万拜，寄肝膈。

1966 年冬日

故宫赏牡丹和从碧丈

闻道花开玉砌前，也携残酒送流年。
色酣粉面春魂媚，香浥檀心蜜意圆。
休遣游丝惊绮梦，从教飞絮舞琼筵。
凭栏我亦蹉跎久，每对东风总怅然。

1973 年

临江仙　和瞿文赐词

一代骚坛疏凿手，坡翁可是前身？琼瑰光阵接天门。词翻江海水，笔拨岳巅云。　化雨春风无远近，漫云逸足驽群。甘霖淑气见精神。驰驱惭夙愿，熏沐[①]荷新恩。

1975 年

山乡杂咏二首

雨　后

雨脚初收虹影圆，夕阳坞水响溪田。
开窗好放闲云入，替酿诗情到梦边。

① 熏沐：旧俗在斋戒占卜前烧香、沐浴，表示对神虔诚。

书　帷

书帷静掩路三叉，月子弯环上碧纱。

一枕清风凉入梦，身骑蝴蝶到荷花。

1976 年

大治颂和谷城丈

铲除鬼女罢胡旋，雨布雷行庆有年。

击壤喜倾丰岁酒，舞韶齐颂太和天。

垂空巨翮看鹏壮，映日红旗似火燃。

一德一心臻大治，诗翁雅韵喜连延。

1976 年

八声甘州　　赠画家林锴

畅平生，把臂记初逢，灯火向阳楼。正大千乍震，惊尘待浣，黄菊当头。落拓京华倦客，一醉祓千愁。

我爱郑三绝，柿纸风流。　　一笑功名屠狗，问斯文吾辈，何似兜鍪？便狂狂怪怪，天地恣冥搜。倩红装拂笺夜月，泼淋漓翠墨写春秋。休怀感，正新潮涌，好驾飞舟。

1976 年

平韵满江红　　喜矍师避震北归

襆被江关，曳筇竹婆娑兴长。一肩载、雁声河岳，帆影湖湘。近绿遥青供望眼，丹枫黄柚忆江乡，有词仙吟啸倚高楼，情慨慷。　　旧庭浪，毋作狂。湘灵瑟，演兴亡。又沧桑劫换，衮衮侯王。霖雨催花调玉烛，熏风解愠浴兰汤。待秋来，闾里乐丰登，应未央。

1976 年

今吾有域外之行，赋此为别

北海雍容荀令香，廿年投分意偏长。
相呴涸辙情弥厚，抱膝寒斋业久荒。
何必龙鳞知变化，从来鱼鸟解潜翔。
天涯依旧多风雨，珍重阴晴早晚凉。

1978 年

金缕曲　寿碧丈八十华诞，次君坦丈韵

独立尘埃外，贮连城、珊瑚铁网，陆离光怪。脱手千金轻一掷，遑论荣枯成坏。早传遍、声名山海。岳岳乔松青不老，羡拿云气概今犹在。倾百盏，解骖卖。

流光渐逐东风改。月初圆，八旬览揆，寿筵新届。四渎三山持竿叟，桃李千行环拜。听白发高歌慷慨。倚马才华词百卷，醉烟霞、餍了斯文债。开北牖，纳明垲。

1978 年

高阳台

己未清明后三日，词林诸老招作阳台嬉春之游。山麓大觉寺，即辽之清水院也。梵宇千年，林木蓊郁。连冈十里，艳杏如云。濯流泉以歌啸，抚古塔而盘桓，真令人尘滓消尽而六腑俱清也。同游诸公如夏瞿禅、张丛碧、任半塘、钟敬文、黄君坦、徐邦达、吴无闻先生并有佳作。孰谓江山秀色，不因我辈而畅其文藻耶？归琢小词，以志胜游。

嫩柳摇金，晴波涵碧，淡云掩映苍峦。辇路同寻，看花又是春妍。东风泱漭京西道，伴鸣珂、画侣词仙。豁余怀，万树红霞，一曲流泉。　　辽家霸业成何事？尽残碑冷寺，管领荒烟。野草无心，依前绿到遥天。茂林雅禊须重续，动高吟、有笔如椽。赋归来，梦也清酣，诗也清圆。

1978 年

八声甘州　彭德怀颂

是元戎蒙难黑牢时，沥血述文章。吐悲情万斛，人妖颠倒，热泪浪浪。孤苦少年身世，千厄炼纯钢。初试翻天手，义起平江。　　百战奇勋盖世，更驱倭立国，抗美威扬。为生民请命，折角谏天王。炸庐山、万钧雷劈，齑粉碎忠良。沉冤雪，看丰碑起，霄垠腾光。

1978 年

水龙吟　张志新颂

任它雪虐风狂，孤芳一朵开如血。高标贞干，慧心丽质，肠刚似铁。裂地妖烟，掀天恶浪，只身拼搏。恨森严罗网，神喑鬼网，浑不得、支撑力。　　忍见磨牙啮骨，恸罗兰、断头喉切。名花陨灭，伦常毁丧，天何此酷。苦雨终风，十年吹转，阳和迸发。趁清平世界，黄金铸像，立生民极。

1978 年

南行草二首

一

依旧星辰似昔时，清光端为破迷疑。
江潮滚滚连东海，流入心弦化小诗。

二

辽鹤归来径已迷，白门信宿我然疑。
大中桥畔人如织，谁识当年跛浪儿。

1983 年

八声甘州　中国韵文学会成立献词

溯生民开辟到如今，文采冠南陲。记洞庭张乐，九嶷车盖，岣嵝丰碑。千古忠贞幽洁，芳悱屈平词。

继起尽才俊，潮涌星驰。　　盛会高秋初过，又丹枫照眼，零雨如丝。喜五星东聚，薄海仰旌旗。绍斯文、千秋绝艺，展新猷、一脉接崔巍。升平日，听新声奏，响彻天涯。

1984 年

齐天乐　　丁卯重午中华诗词学会成立作

好风也解骚人意，吹下一天凉雨。浮翠园林，流丹楼阁，城阙更添娇妩。衣冠济楚，聚北漠南冥，酒狂诗侣。粽绿榴红，水亭一醉送重午。　　吟坛颓运过了，振衰多俊彦，高步云路。星斗撑肠，风雷绕指，应卷新潮如怒。腾飞大业，要笔力千钧，万花齐舞。铁板红牙，任教随意谱。

喝火令　重阳雪霁登香炉峰，时值十三大闭幕

逐日骢无迹，追风鹘有声。八方佳气聚神京。盛会宏开国运，百族共欣荣。　北牖消残雪，西楼倚快晴。炉峰呼友喜同登。爱煞漫山红叶似霞明，爱煞游山童叟、笑语话升平。

1987 年

行香子　海滩望月

波绉罗裙，云绣霞裳，正晞发龙女梳妆。镜奁开处，上下清光。便渔家乐，农家歌，酒家忙。　严滩陶宅，金谷玉堂，问何似海上徜徉？三生慧业，百转柔肠，任风头紧，船头侧，浪头狂。

1988 年

水调歌头　下三峡

城头太古月，伴我过夔州。冷光摇荡寒碧，轻浪拥飞舟。束峡双门对起，百里天开一线，万嶂导江流。造化辟奇境，元气接昆丘。　　揖神女，歌白帝，下黄牛。河山万里行遍，第一蜀中游。招手天边鸥鸟，试起苏辛李杜，煮茗斗清讴。云散日初上，霞外耸重楼。

1988 年

赠文学院诸同学

镂叶雕花未必工，难凭蠡管测鸿蒙。
天机衮衮原无住，世路悠悠应有通。
真识倘能参活法，死蛇犹可化生龙。
高情远韵恢奇句，象外搜来是大雄。

1991 年

谈诗有感

窥窗小月媚于人，滴粉搓酥未足珍。
振笔要能关世运，随波毕竟是凡鳞。
源泉混混从疏凿，浩气磐磐有屈伸。
一梦华胥新觉后，乘风鼓枻过迷津。

临江仙慢　汨罗怀古

汨水流无尽，骚亭滴泪，万里孤哀。行吟处，倥偬残垒烟霾。伤怀，正兵戈急，生民劫，宫阙蒿莱。湘累恨，拼一腔忠愤，抱石沉骸。　　难埋，两间奇气，文光照彻霄垓。焕湖湘英烈，俊彩云来。天涯，喜星辰转，风潮壮，国运宏开。凭南望，有颂碑森起，兰菊盈阶。

1991年

甲戌春节有怀谷城宗丈

沪滨大老得天赐，绿玉莹莹炯两眸。
上寿定连三世纪，高名早遍五洋洲。
文章学苑谁堪敌，福泽湖湘古罕俦。
遥望海东光耿耿，卿云长护泰安楼。

1994年

以仁教授台海寄诗言及上海诗会之乐谨步原韵

海上风来物候新，申江烟雨酿娇春。
班香宋艳无南北，雌伏雄飞有贱珍。
猎古每怀长揖客，耽诗喜遇素心人。
家山何日同游赏，梦里谁分主与宾。

1995年

新疆诗会道中

一

莽莽昆仑远塞空，瑶池玄圃白云封。
西来我亦忘形甚，豪唱离骚向阆风。

二

万里来寻王母池，云鬟雾鬓正当时。
撩人一剪秋波媚，待倩诗家替画眉。

1998 年

承德吟二首

平湖峰影

异境天开古夏宫，平湖青接磬锤峰。
俨然一角灵犀影，焕出诗家万丈虹。

湖亭夜坐

入夜荷香气最淳，湖壖小憩静无音。

星潢照水寒生角，独觅苍茫太古心。

1999 年

延吉道中二首

一

鸡唱荒荒太古村，黄牯栗犊散溪滨。

当门一架葫芦老，秋气薰酣醉煞人。

二

溶溶月色漾秋林，习静中庭夜转深。

数点流萤随梦远，不知人世有浮沉。

2000 年

高阳台　游白山天池作

俯瞰东洋，雄居北亚，三边第一名山。拔地擎天，奇峰十六相连。云巢海眼神仙窟，向天池、照影都寒。凌空下，银虬矫矫，泻玉飞烟。　　奔雷激浪三江去，便波翻白雪，气撼长川。布雨施云，人间顿现华严。重来正值秋光好。漫支筇、一赏烟岚。发高吟，风生大壑，响动苍峦。

2000 年

卜算子　读琦培《飘走的云》诗集

莫问梦中云，飘荡归何处？海水桑根尽劫灰，遮断来时路。　　五十二年风，吹老江边树。剩有骚心一片清，伊郁为君诉。

2000 年

水调歌头　玉龙雪山颂

峻极九天上，横耸十三峰。矫矫玉龙飞舞，奇伟冠寰中。远引雪原青藏，直控湄河峡谷，万壑此朝宗。亘古冰川道，拥出水晶宫。　　划阴阳，遮日月，转鸿蒙。为霖行雨兴雾，磅礴亚之东。凝结两间元气，开启文明南服，赞育有神功。世纪开生面，锦绣丽江红。

癸未秋陪李锐、刘征、林锴老游漓江作

一

云壑葱茏玉水流，又陪杖履踏高秋。
画船一舸西风里，吟过长榕古渡头。

二

清泠妙曼西江水，千古吟魂总梦萦。
试向瓮头呼白也，醉拈险韵酹山灵。

2003 年

虞美人　浪石

茫茫沧海云无极，山骨波心立。嵯岈崩豁势凌空，潮窟漩巢吞吐亿年风。　　娲皇五色炉中石，灵气蓬蓬出。未须辛苦补苍穹，笑隐浪花深处自从容。

2003 年

水调歌头　载人飞船发射成功

圆了千年梦，戈壁响长霆。酒泉载人飞箭，瞬息破青冥。绕遍两间三界，惊动五洲万国，放出大光明。此是炎黄魄，天外舞飞龙。　　夸父逐，后羿射，月娥升。问天更有屈子，传说总难凭。喜看中华奋起，独创顶尖科技，赶日更超星。万象云霞灿，国运日蒸蒸。

2003 年

最高楼　中华颂

光明顶，珠岭耀天西，高峻作坤维。北南两戒环华夏，江河夭矫滚云雷。带长城，连五岳，锦成堆。

启地秘，爆灵光八卦，聚紫气，焕卿云罨画。横六合，造精微。神明黄胄千千祀，英文烈武永无涯。占鳌头，宏改革，奋龙飞。

2003 年

最高楼　拾贝

轻涛拍，风荇乍浮沉。鸥戏海天春。形骸脱略狂诗客，沙间重拾少年心。晓风徐，波绉绿，日熔金。

好去向、银滩寻彩贝，浑胜似、梦中天花坠。情浩荡，意欢欣。何消苦觅明珠颗，壳中转得大千轮。试擎将，明月下，听潮音。

2003 年

南乡子　自题诗集示黄君弟

南楚秃书生，渤海湾头看日升。六十年间风更雨，程程。又踏残花掉臂行。　诗兴寄余情，漫揭蛮笺写性灵。安得池塘寻梦草，英英。奇句哦成共子听。

2003 年

浪淘沙　常德诗墙

沅水芷兰香，波碧云长。风樯冉冉鹭鸥翔。好约灵均招帝子，共醉秋光。　十里矗诗墙，壮伟辉煌。精光上彻斗牛傍。毅魄骚心凝铸就，今古无双。

2003 年

唐多令　柳州龙潭公园

何处赏高秋，乘风下柳州。万奇峰、襟带江流。渺渺澄波萦绿玉，流不尽，是清幽。　风雨小桥头，凉风拂面柔。画屏开，妙景盈眸。好共秋光携彩梦，轻弄影，岛中游。

2003 年

减字木兰花　立冬前夕京门雷雪大作

电光阵阵，冬至阳生雷滚滚。六出奇花，京阙银妆千万家。　飞龙夭矫，国步民心端正好。气象无边，喜兆。来秋大有年。

2003 年

鹧鸪天　勃兰特

勃兰特为反法西斯斗士，任德国总理时亲至奥斯维辛营，下跪谢罪，举世震撼。

一跪真教天地惊，堂堂君是大豪英。能干四兆冤魂泪[①]，别启千钧手足情。　无己虑，致公平。爱心救赎感精诚。百年消尽兵戈气，欧陆江山万类亨。

越中吟草三首

一

谁剪云霓作越裳，江山寸寸有辉光。

南来我亦疏狂甚，赌醉征歌到海防。

二

蠲诗止酒总空论，跋海骑鲸梦里身。

---

① 兆句：指四百万被杀犹太人。

休向阇梨[1]参色相，个中应有未招魂。

三

扑面千峰浪里青，海天波阔放歌行。

人生到此应无憾，一段难忘越国情。

2004年

平谷采风谣

金海湖泛舟

神鳌倒转现平湖，四境云山作画图。

绣出江南真国色，塞垣打桨快何如。

轩辕台眺远

崇台高耸险峰头，龙角昂昂万象收。

雪片燕山如席大[2]，莽苍王气压千州。

2004年

① 阇梨(shé lí)：高僧，也泛指僧人。梵语阿阇梨之省。

② 李白《北风行》："燕山雪花大如席，片片吹落轩辕台。"即咏此地。

楼居记趣

临江仙　水族箱

何处长房妙术，移来水殿琼宫。缩将万象人壶中。塔亭随佶屈，变衍任鱼龙。　　伴我书痴晚景，爱它光影玲珑。神驰庄惠辩无穷。濠梁传妙喻，今古仰高风。

2004年

临江仙　吟诗

不梦玉堂金马，漫劳按拍挡筝。小斋孤耸廿层登。月华清人户，照壁箧书盈。　　志业徒余负负，鬓毛只剩星星。炉香一炷一杯茗。秃毫轻掷去，哦咏发高声。

2004年

踏莎行　弼时颂

湄水流香，珠山焕彩，地灵人杰神仙界。龙驹落地便腾骧，序贤堂上鸿文在①。　乞火俄京，燎原山海，雄师百战长传凯。骆驼坚忍智难双，手扶瞰旭乾坤改。

2004年

忆江南　忻州赞

一

忻州好，灵境五台奇。一夜北峰飘夏雪，千幢宝刹焕慈晖，红紫遍山隈。

二

忻州好，苍莽雁门关。猿臂射生思李广，抗倭浴

① 序贤堂：学校名。弼时发蒙于该校，文章陈列堂中。

血左公权，浩气薄云天。

三

忻州好，冰洞妙无穷。千百万年凝古雪，三冬九夏玉玲珑，盛世现龙宫。

四

忻州好，绝美有温泉。百道热流来地脉，一池春暖碧涟涟，戏水作神仙。

五

忻州好，人政两和通。阡陌纵横铺锦绣，尖新科贸日丰融，前景美如虹。

2005 年

踏莎行　龙溪诗会口占

狮岭干云，龙溪流玉，莺花微雨云间路。伏波神采记飞扬，骚人沅上曾凝伫。　绝代风华，连云歌舞。深山鸾凤冲天翥。夜郎古国焕然新，八叉七步争相赋。

2005 年

白鹤洞寻踪

仰止高山白鹤飞，南仓段里绿成围。

百年未减松泉性，又踏秋光逐梦回。

2006年

水调歌头　《难老泉声》改版喜赋

表里山河壮，炎帝有威灵。华夏风流一脉，难老发奇声。汇聚八方才俊，挝响震天鼍鼓，凛凛作雷鸣。时代开生面，万象日峥嵘。　尧之都，舜之壤，禹之廷。移山猛志长在，百代著精诚。好奋垂天双翼，击起巨澜千丈，直上薄青冥。凤翥丹山外，文采八方惊。

2006年

临江仙　重游洞庭

塞北天南行遍，归来万里吟身。南湖重到倍相亲。平波莹似玉，皎洁楚骚魂。　湖畔萋萋芳草，江干佳木连云。山川灵气日开新。文源昌百代，光焰夺星辰。

2006 年

丁亥中秋登岳阳楼

一

日月重辉际，湖山浩荡秋。
新风融古韵，万岁岳阳楼。

二

文运中华壮，灵源一脉长。
三才兼万象，举目望湖湘。

2007 年

九寨沟即兴

一

神州处处宜高咏，夤夜驱车黄土梁。

凛凛天风吹瘦骨，雪山顶上作重阳。

二

中华生气百年回，绝域穷荒瑞色开。

唤起苏辛应不信，雪山深处现瑶台。

2007 年

减字木兰花　永嘉山中赠友

层峦叠嶂，四面屏山开气象。饮沆餐霞，清气澄鲜处士家。　晨钟暮鼓，俗谛尘心清也否。怎得忘它，一朵优昙佛国花。

2007 年

临江仙　东海洞头岛眺远

谁洒明珠东海上，奇珍一串晶莹。七桥八岛彩云横。无双真国色，仙界睹娉婷。　百战江山成乐土，沙滩画舸华灯。崇楼远眺意飞腾。凭谁支短笛，裂竹奏无声。

2007年

南乡子　芬兰圣诞老人

世外说桃源，圣诞阿翁拉普兰。出入烟囱传好事，甜甜。异果香花到枕边。　北极筑家园，麋鹿天鹅雪橇连。比似中华迎灶日，阗阗①。鞭炮芽糖过大年。

2007年

---

① 阗，音tián。〈书〉充满。

水调歌头　海峡两岸诗家游永定土楼

谁种奇花朵，采采有光鲜。红尘隔断千丈，怒放万山间。历尽癫风猛雨，不改天然本色，伊甸现奇观。此是中华宝，香透百重关。　草芳菲，竹青翠，石巑岏。衣冠魏晋应似，一脉接桃源。杖履相陪诸老，携得海东仙侣，清兴浩无边。咳唾成珠玉，卓笔起云烟。

2007年

呼伦贝尔放歌

呼伦印象

呼伦贝尔梦之城，云白天蓝水溜青。
千里草原风绉绿，平湖一串亮如星。

满洲里即兴

换尽天东万古荒，琼楼虹彩舞霓裳。
山川灵气钟奇地，燃起熊熊北极光。

2008年

苏州寒山寺

庄严梵宇运河边，轧呃依稀梦里船。
醒得人间痴恨否？一声钟杵撞诸天。

2008 年

同瑜英诗家游江郎山

瑶峰三柱矗云端，破壁谁开一线天。
风起霞飞仙境似，灵山不是梦中看。

2008 年

南阳行

洱海清波照眼才，长车又向宛城来。
秋风老尽诗人鬓，一路黄花寂寞开。

2008 年

太常引　成子中秋陪马凯、沈鹏诸公雅集口占

满城歌管报中秋，奥运最风流。圣火接天浮，更喜气、充盈九州。　经纶巨手，书林泰斗，诗苑骋骅骝。文酒乐悠悠，庆人寿年丰国休。

2008年

踏莎行　陪征老、鹏翁看《刘三姐印象》

云雷开合，缤纷万象，钧天广乐来江上。五洲宾客仰头看，神光异彩真无两。　织女裁衣，牛郎撒网，刘家三姐娇模样。碧莲峰是古桃源，天风浩浩传清响。

2008年

水调歌头　开远南洞行

远带燕山月，万里到滇南。触目烟霏水绕，一径造云巅。石窟天开宝境，壁立苍岩千仞，凛凛谷风寒。此是神州胜，容我片时闲。下幽窟，浮小艇，探仙源。陆离光怪，水晶宫里百龙蟠。我欲狂歌一曲，唤醒众灵鼾睡，起陆看人寰。花满神州野，紫气透千关。

2009 年

莺啼序　《全宋词评注》杀青感赋

高楼检书按谱，历冬春秋暑。十年梦，灯夕花朝，谙得多少甘苦。秃毫伴、盈盈白发，带衣宽尽向谁诉？拼余生掏取微忱，誓加评注。　　两万华章，一代绝艺，洵斯文魁楚。花柔丽，片玉秦郎，赋情销尽魂愫。奏黄钟，苏辛杰特，补天裂，龙飞狮舞。现华严、弹指门开，万千玄圃。　　森罗万象，百啭奇声，赏音竟几许？策众力，访贤天远，汇水潮高，惨淡经营，稿堆梁柱。增删补葺，敲章衡句，鸡窗孤坐连昏旦，最难忘，远谒主圭公府①。春风化雨，谆谆勉我攻攀，黯然一别终古。　　年华易与，世路崎岖，叹半生萍絮。自愧对、家门亲老、学苑师朋，激奖扶持，多成辜负。从戎少日，黉门垂老，鸡林琼海行都遍，故乡情，松竹云泉慕。东风吹起骚心，一啸阊门，天还应否？

2009年

齐天乐　曹妃甸放歌

海疆福地曹妃甸，明珠焰光璀璨。造地吹沙，深洋筑港，伟矣中山遗愿。百年梦醒，正龙起沧溟，浪腾天半。牧海耕滩，钢城卅里顿时现。　　如山巨轮泊岸，正长波摆荡，瞰旭红满。构厦云连，喷油浪涌，

① 公府：唐老圭璋南京宅第。

井架天连涛远。词流振笔，竞声铿金石，万花飞旋。四象三才，共齐声礼赞。

2011 年

和征老桂林感赋诗韵

望门投止忆连颠[①]，故地重游四十年。
何幸诗书陪国老，玉簪罗带共玄谈。

南歌子

沈鹏老书林泰斗，诗苑耆英。值兹八旬嘉庆，谨制小诗，以介眉寿。

诗品东阳逸，襟怀秋月清。八方瑞气庆椿龄，喜见蟠桃寿酒两同倾。　　今代无双士，龙头属老成。挥毫墨浪九州惊，胜似黄庭初写换鹅经。

2011 年

① 四十年前避难至此。今日重游，感慨系之矣。

石梁飞瀑歌

人日南来寻老友，北国冰霜携两袖。
为梅几度发诗狂，千里不惧忙奔走。
出山入山赏新晴，转角忽闻疾雷吼。
惊见二龙从天下，冲波作浪夺山口。
一石为梁扼两峰，银潢倒泻摧枯朽。
玉屑蒙蒙漾漾飞，星斗无光鬼神抖。
炎黄元气此钟灵，百世英魂齐集骤。
共为中华发浩歌，力开新史争雄首。
和平进步致大同，仁寿花开满宇宙。

2012 年

邓尉古柏歌

东汉太尉邓禹高隐苏州光福山，植有古柏四株。

光武提兵定寰宇，云台勋业首邓禹。
明赞戎机下关中，百万健儿皆貔虎。
当门手栽四神木，清奇古怪蟠虬舞。
千年风雪恣侵凌，日月甘霖长呵护。
崇阿陵谷变相寻，火烧雷劈几偃仆。
皮毛脱尽精神存，枝干槎牙铁为骨。
清者骖如鹤冲霄，奇者裂腹苍干茁。
怪者电击剖为二，夭矫俨如龙起陆。
古者螭盘屈铁身，苍莽葱茏生意勃。
此是中华不屈魂，造化烘炉炼神物。
我亦曾经沧海人，对之壮怀弥激烈。
髫龄投笔鸭江东，开城汉水昔从戎。
四载军机称翘楚，归来折桂入黉①宫。
五十六年一回首，休戚沉浮成皓叟。
吟余掷笔向天门，一啸湖波为抖擞。

2012年

① 黉(hóng)：古代的学校。

贺鹏老春节

开张天汉马，浩荡北冥鹏。

两间真作手，掷笔响雷霆。

2014 年

次鹏老贺余八十生日诗韵

浮生八十电光流，最喜龙蛇腕底投。

安得鲁戈真在手，梅花天地眼中收。

2014 年

次鹏老《自遣》诗韵

大道本无碍，人生贵自由。

望云怀鹤侣，打桨乐清游。

逸少书风远，庄生梦境悠。
浅深随雪径，歌笑散闲忧。
最忆隐侯瘦，同吟桂子秋。
何当招玉魄，千里远相求。

2014 年

重阳寄怀鹏老

满城风雨近重阳，最忆京门瘦沈郎。
大笔嵯峨星斗动，清吟稠叠水云长。
分金管鲍惭贤德，托梦江湖感屋梁。
独立高峰舒远目，遥天一老焕奇光。

2015 年

八声甘州　游邛海有怀鹏老

是蟠宫阿母弄神奇，飘坠镜如规。幻烟云万叠，碧波千顷，月样湖陂。喜伴连群鸥鹭，款款绕人飞。

圆了平生愿，亲到瑶池。　　招得彩舟双楫，便呼朋打桨，斗酒联诗。想人间清致，何日手同携。倚高崖，凭栏眺远，有射天神箭耸崔嵬。中华梦，龙腾虎跃，万象雍熙。

2015年

长松歌

——寿刘征老九秩椿寿

岱山岩中千尺松，虬角龙鳞啸天风。
卿云夭矫随风起，跨山横海寿刘翁。
翁家裔出丰沛族，歆向校书阁天禄。
太乙燃藜耀智珠，一脉文源擎大纛。
遍历三朝劫后身，洪炉百炼出纯金。
庠序青灯三十载，百千鳞鲤跃龙门。
笔耕百卷兼日夜，旧学新知誉天下。
铁笔如芒刺佞人，春雨催花遍原野。
吟运宏开赖护持，创刊立论树清规。

掷去诗毫裂金石，敲成妙句日星迷。
风骚脱手焕奇光，九域斯文奉巨觞。
共颂长松春不老，南极仙翁应寿昌。

2016年

喜读鹏公贺四代会草书长幅

真如星斗灿灵光，动地风雷荡八方。
扛鼎移山真力在，新潮滚滚破天荒。

2016年

陪沈老谒百岁锐公

风和云淡古槐香，一径高轩去不忙。
书海灵光经国老，两星天外闪清光。

2016年

减字木兰花　冬至日闻沈老康复喜赋

一阳初复，喜讯天涯如电速。五福梅开，海上春光得得来。　文场泰斗，好展掀天揭地手。长颂仙翁，上寿应齐泰岱松。

2016 年

刺佞诗和鹏老

健笔如铓刺佞人，牛狐怪鬼现原身。
终南进士驱雷电，扫尽妖氛壮国魂。

2016 年

中秋庐山漫成

一

如琴湖上云初起，薄似鲛绡梦样轻。
了却一生茶酒债，故人相伴放歌行。

二

清风细雨小红楼，牯岭歌声忆莫愁。
茶客酒狂三五辈，豪吟慢品过中秋。

2017 年

小斋吟

天开石壁色斑斓，云去云来意自闲。
一卷诗书茶一盏，琴音瑟瑟鸟关关。

2017 年

日本游五首

富士山

富士天开岳，乾坤元气钟。

祥云环帝座，虹彩护神龙。

地火蒸花雨，灵光满碧空。

日升红冉冉，诗兴阔无穷。

乐游原之晨

氤氲元气满汤池，雪岭寒光入酒卮。

水鸟一行来又去，白云入户化新诗。

富士湾

富山湾与雪峰联，银岭洪涛远接天。

说与谪仙应羡我，骑鲸已向大洋边。

浅草桥晨眺

鸥鹭亲人取次飞，樱花初放燕初归。

凭栏偶忆濠梁上，何必观鱼辩是非。

飞渡太平洋，喜见圆虹

赤县扶桑拥大洋，百千年史太苍凉。
圆虹伴我从容过，喜结和平兄弟邦。

同清安游黄鹤山作

银潢倒泻楚江清，石壁千寻展画屏。
万斛天风吹宿梦，待骑黄鹤放歌行。

央视诗词大会赞并简鹏老、征公

千秋诗国壮图开，百辈英才摆擂台。
此是炎黄狮子吼，寰球翘首听风雷。

刘征老献书颂

世纪老人格最超，嫁书歌罢羡高标。

文才八斗惊天下，翰墨千秋耀碧霄。

坐拥百城参道义，长哦一曲继箫韶。

遥知此际群英会，应有诗吟卷大潮。

喝火令·汨江旧忆

自分甘蜗角，何其识凤毛。萧斋顿觉五云高。莫道汨江清浅，分得海东潮。　　蜜意承青眼，兰情到彩毫。迷魂不用楚些招。只在清清江上绿杨桥，只在绿杨影里眉样月边梢。

鹧鸪天·回乡吟

如画家山胡不归，南仓塅里绣成堆。萤流如雨光萦野，碑老生苔绿到眉。　　山径竹，水边梅。游鳞唼喋逐人来。眼中犀角非耶是？布政堂边梦鹤飞。

临江仙·黄姚行

忆昔寻芳来古镇，横斜老木葱茏。画桥流水去匆匆。谁家横短笛，一曲杏花风。　　螺岫岚光飘满袖，红罗花海香浓。咚咚箫鼓动长空。桃源真个是，扶醉太平翁。

忆远人·梦游天台　（自度曲）

素衣人自婵娟，春芳谢后莺声老。别离滋味，耳边钟磬，梦中青草。七宝楼台，九天花雨，篆香盘绕。待拈花证得，诗家三昧，灵山同笑。

浪淘沙·贺嘉莹先生九十大寿

九秩月同妍，瑶圃灵仙。六州万国筑高坛。学雨诗风开万象，华夏经传。　　青史数前贤，女谢姬班。几人天禄夜藜燃。百卷书成关世运，泽被千年。

减字木兰花·赠思明

风来八面，一路轻车奔似电。俊友重逢，哪计炎蒸七月浓。　　黔山奇境，隧道穿行恍似梦。诗兴遄飞，击节狂歌乐不归。

水调歌头·中秋登庐山

逸气轩眉宇，快步上庐山。眼里翠涛千叠，宝刹彩云环。携得酒徒诗侣，更着扫眉才子，举手叩禅关。诗兴浩如海，钟鼓演灵关。　　攀石径，穿溪谷，坐烟岚。人生夫复何憾，倦鸟也知还。收拾布囊书卷，伴得松风明月，趺坐静相参。惠子早知我，尘虑已全捐。

八声甘州·为曲江丝路诗会作

溯姬周定鼎镐京新，岁月历三千。叹秦皇汉武、隋唐八代，伟烈空前。更筑曲江仙苑，金碧焕光鲜。八百秦川壮，不二关山。　勇辟丝绸古道，穿玉关漠北，陆海通联。化干戈玉帛，万里净烽烟。喜今朝，北辰正位，更同心，编得梦儿圆。新时代，万方齐力，共创新天。

雁栖湖会都赋

大哉北京，神州天府。星分[1]箕尾，躔次[2]析木。辰居星拱，山河壮帝里之尊。海晏河清，朝野奏升平之乐。龙飞九五，轩黄于此建都。甘棠垂荫，邵公遂以立国。五千年政统相承，九万里车书混一。泱泱华胄，开万古文明之先河。煌煌圣哲，立百代人伦之极则。猗欤

① 星分：古人以地上域名，对应天上星辰之称谓。
② 躔次：星辰运行的轨道。

美哉，猗欤盛也。华夏之京都，人天之灵瑞也。

京城直北，别有仙区。天设地造，曰雁栖湖。军都雄峰耸其后，长城古塞环其间。西接八陉之英气，东拥沧海之波澜。上谷鏖兵，飞将军①威严永驻；深林高隐，卢尚书②亮节长存。地灵人杰，大美无垠。三面山岚奇彩，一湖碧水天光。华舟动而清歌起，月影移而舞袖长。杂花生树，绿草如茵。山泉汩汩而流玉，鸣禽恰恰而闹春。放眼京畿成独胜，岚光呼吸水清酣。隔断红尘千百丈，瑶台真个现人寰。此则雁湖之大观也。

夫有盛德大业者，必营建华台伟厦，以广其福泽，壮其威仪。垂范万方而推动文明之进步。如文王之灵台，刘汉之未央，李唐之昆吾御宿，朱明之燕京营造。以及清之圆明与承德山庄，皆不世之伟业，人类文明之骄傲也。新中国成立至今，筚路蓝缕，六十余载。改革开放以来，经济腾飞，生民康泰。为彰显大国之雄风，弘扬中华之文化，促进世界之和谐发展。遂择

① 飞将军：李广之别号。曾任上谷太守，与匈奴于怀柔一带接战无数。

② 卢尚书：东汉卢植。曾退隐怀柔军都山中。

胜地于雁湖，征英才于四海。聚珍宝于五洲，圆梦想于当代。乃营建世界极品之园林会馆，以为亚太经合会之献礼。此诚太平之盛典，空前之壮举也。

夫雁湖会都之大美，厥有四端。一曰理念之优胜，二曰建筑之宏伟，三曰文化之厚重，四曰影响之深远。

会都之设计，以尊重自然为前提。片石只木，未可轻移。湖山之走势，生态之气场。山水之融结，宝塔之位方。皆彰显传统，讲究风水。天人合一，两全其美。低碳节能，环保为先。杜绝污染，呵护蓝天。留住候鸟，筑巢三千。涵养水源，永保澄鲜。净化湿地，鱼鸟腾欢。仕女之步春兮，牵风荇带；健儿之滑雪兮，雷奔电快。湖垣佳景兮，杨柳楼台。杂花缤纷兮，石绣青苔。生机满眼兮，鱼跃鸢飞；万象欣欣兮，日月流辉。人间之乐土兮，五洲之奇迹。中华之新貌兮，神奇谁比。

雁湖之建筑兮，伟丽无双。堂墅星罗兮，六合腾光。碧波环绕兮，天心之岛。翡翠一叶兮，地之灵宝。楼台高耸兮，紫气盈天。中心会堂兮，伟岸庄严。大鹏展翅兮，飞扬汉唐。檐牙高啄兮，心角开张。梯山航海兮，有凤来仪。万方宾会兮，和乐怡怡。暾日饭店兮，湖岸之东。琉璃造就兮，水晶龙宫。朝拥云霞兮，暮拂清风。吉人之居兮，欣悦无穷。元首别墅兮，十二星辰。绿围红绕兮，御气葱茏。万机日理兮，广布甘霖。声教远被兮，人文化成。龙飞宝塔兮，雄峙南山。九层八面兮，上参青天。吐纳风云兮，时代坐标。祥光普照兮，怒涌新潮。

码头院落兮，虹桥天外。岛上机坪兮，直通三界。云霞蒸蔚兮，妙景天成。张衡尽其巧兮，鲁班尽其能。瑶台逊其丽兮，玄圃逊其精。巅峰建筑兮，华夏灵光。人间奇迹兮，百世其昌。

雁湖文化兮，悠远荣光。英文巨武兮，亘古辉煌。怀柔之名，出自《周颂》。“怀柔百神”，武王之命。怀柔立县，肇自贞观。以德施政，四海同欢。神山邹庙①，湖之东邻。吹律寒谷，洒遍阳春。城西钓台，共

① 神山邹庙：邹衍庙在神山，传说曾于寒谷吹律，唤回阳气。邹衍，战国阴阳学派创始人。

工[①]贬所。英风烈烈，奸宄胆破。红螺在望兮，古刹千年。名动天子兮，灵光巍然。奇山秀水兮，誉满大千。佳章妙句兮，响彻星躔。唐贤苏拯，首开"邹律"之章。元人祖常，接响"谈天"之唱。唐顺之登城而述怀，查慎行"过檀"而寄怅。王世贞、李梦阳之妙句，朱之藩、吴景果之佳篇。并增色湖山，至今流传。

至若清初诸帝，雅擅吟事，巡行所经，恒有佳句。康熙、雍正，玉振金声。弘历继之，大气云横。乾隆《怀柔县诗》云："山围古郡富耕桑，此地前朝是战场。四海怀柔原在德，由来礼义固金汤。"大哉斯言，真可与日月同光，山河永寿者也。

至于斯会之意义，世运攸关。全球瞩目，任重泰山。

2014兮，岁次甲午。天马腾飞兮，气雄寰宇。改革开放兮，国富民强。携手亚太兮，群飞凤凰。二十一国兮，会盟元首。紫气东来兮，光弥星斗。下榻北

---

① 共工：舜贬共工于幽陵，即军都山。怀柔有钓鱼台城，传为共工栖息之地。

郊兮，山水仙乡。清风徐来兮，白云满窗。会场恢宏兮，聚汇风云。王者居之兮，整顿乾坤。经纬天地兮，顶层设计。管控分歧兮，和平互利。发展经贸兮，尊重主权。消除壁垒兮，保障安全。绿色环保兮，科技领航。平衡生态兮，协和万邦。雁湖盛会兮，世界舞台。历史拐点兮，继往开来。百族欢腾兮，击鼓撞钟。兆民奋力兮，共建大同。我歌我赋兮，赞颂休明，宏图大展兮，福德无穷。

2014 年

卷四·三贤门人弟子诗词

李树喜诗词十首

李树喜，1945 年生于河北省安平县。高级记者，作家，人才学与历史学学者。1969 年毕业于北京大学历史系。1983 年后历任《光明日报》特派记者、机动记者部主任，光明日报出版社社长兼总编辑等。中华诗词学会副会长（第三届、第四届），中国毛泽东诗词研究会原副会长，纽约诗词学会名誉会长。师从刘征先生。

题鹳雀楼

众鸟疑飞尽，黄河几断流。

欲知百姓事，请下一层楼。

西　风

黄河出没彩云中，大漠长天映日红。

华夏正须凛冽气，西风切莫像春风。

中秋题月

月亮悠然天上走，阴晴圆缺莫须有。

可怜自作多情人，为酒为诗找借口。

过丰都[1]

晓风破雾近阎罗，生死报应堪奈何！
遥望丰都毋须下，平时见鬼已偏多。

怀李白

李白诗词出新，人见性情。但不谙政治，更无手腕。这也许是他伟大和可爱的地方。

仗剑遨游惊四方，当途一跃醉长江。
涛波载月还沉月，民意怨王犹羡王。
政治原非真里手，诗文无愧谪仙行。
沧桑百变人心改，难泯窗前明月光。

无　题

长忆黄昏古渡头，骊歌轻解木兰舟。
镜中华发理还乱，醉里豪情放且收。
有刺有花皆是路，无风无雨也成秋。
彩云又照当时月，人在江南第几楼。

① 船过丰都，接近鬼城，望而未下也。

在旅途

天涯路远不迷津，莫管值秋还是春。
禁苑难封闲散笔，云帆未瘦远游身。
乡思渐欲如云懒，网瘾居然共酒勤。
万象摄来敲作韵，随风抛入某诗群。

岳阳楼感怀

遥叹灵均百事休，犹闻老杜唱沙鸥。
屡经变乱难为爱，除却悲秋也是愁。
岸渚澄明天照水，渔歌沉寂月临舟。
可怜千古范公句，不在人心在酒楼。

菩萨蛮　虞姬墓

楚歌四面红妆促，君王不肯乌江渡。一剑了西风，芳丘寂寞红。　遗踪无觅处，剩有虞姬墓。何事最伤神，战争和美人！

水调歌头　敬亭山

久慕宣城道，来访敬亭山。曲径竹林绿雪[1]，遥忆

① 绿雪为敬亭山茶名，清冽幽香。

昔时颜。记得谪仙坐卧，天子呼来不醒，狂客在峰巅。十里桃花渡，湮没旧帆船。　　追逝水，辨沉陆，叹桑田。李白小谢①，转眼佳话逾千年。莫羡名留纸墨，但愿云闲似我，心净胜参禅。一醉千杯少，只要结诗缘。

---

① 此为李白与汪伦交往之地；谢朓，李白称之“小谢”，曾为宣州太守。

蔡世平词十首

蔡世平，湖南岳阳人，1955年生。国家一级作家，知名词人，国务院参事室、中央文史研究馆中华诗词研究院原常务副院长，中国当代诗词研究所所长。著有《大漠兵谣》《蔡世平词选》《回忆战争》等。师从周笃文。

汉宫春　南园

搭个山棚，引顽藤束束，跃跃攀爬。移栽野果，而今又蹿新芽。锄它几遍，就知道，地结金瓜。乡里汉，城中久住，亲昵还是泥巴。　难得南园泥土，静喧嚣日月，日月生花。花花草草，枝枝叶叶婀娜。还将好景，画图新，又饰窗纱。犹听得，风生水上，争春要数虫蛙。

满庭芳　旧忆

数点星声，几多萤语，晚蛙题句南塘。野风芳草，雷雨说潇湘。黄鹤楼头落日，烟波里，一脉斜阳。车窗外，羊城晓月，淡抹夜时妆。　时长。挥不去，红楼翠影，柳色荷光。有佛心还在，明月西窗。难瘦胸中旧样。十年梦，没个商量。何曾却？涛声依旧，渔火汨罗江。

贺新郎　梅魂兰魄

别也何曾别？乱心头，丝丝缕缕，你牵他拽。缘浅缘深分得么？一样梅魂兰魄。只伤心，碧桃凝血。是处烟波残照里，又霜天晓雾朦胧色。谁能解，愁肠结？　梦中昨夜双飞蝶。舞春风，繁花点点，枝枝摇曳。总念西山云雨散，湖上一弯新月。又明艳，相思红叶。我问蓝天欢喜燕，你南来北往风流客：这情字，如何写？

燕归梁　乡思

昨夜蛙声染草塘。月影又敲窗。总将心事赋闲章。短句子，两三行。　不知梦里，何时醉倒，横卧柳荫旁。乡音浓淡菜根香。看小妹，采青忙。

生查子　江上耍云人

江上是谁人？捉着闲云耍。一会捏花猪，一会成白马。　云在水中流，流到江湾下。化作梦边梅，饰你西窗画。

朝中措　地娘吐气

且将汗水湿泥巴，岁月便开花。闻得地娘吐气，知她几日生娃。　一园红豆，二丛白果，三架黄瓜。梦里那多蓝雨，醒来虫嚷妈妈。

江城子　兰苑纪事

竹荫浓了竹枝蝉。犬声单。鸟声弯。笑说乡婆，山色拌湖鲜。先煮村烟三二缕，来宴我，客饥餐。

种红栽绿自悠然。也身蛮。也心顽。逮个童真，依样做姑仙。还与闲云嬉戏那，鱼背上，雀毛边。

贺新郎　说剑

家悬青铜剑，乃春秋战国时代兵器。1989年12月22日，湖南岳阳县板桥村开荒造田时出土。历两千余年，仍完好如初，剑锋犹利，青光逼人。赋此，以壮词心。

闲睡黄泥地。两千年，埋名荒草，又逢知己。细数铜斑斑几点，应是美人红泪。似闻她，莫邪声息。多少吴王成旧土，只青山，活活长流水。流不断，春秋意。　石光铁火铜风起。便造了，河山筋骨，男儿血气。从此文心悬剑胆，山也横成铁笛。怎辜负，吴戈楚戟？不向愁肠吟病句，铸新篇，还得青铜味。拈剑影，词心里。

鹧鸪天　夜宿影珠书屋

影珠书屋为词学家周笃文先生京都书房。湘北名山影珠山，山巅有井，其影如珠，故名。周先生故里即在影珠山下南仑。

收拾尘埃俗子皮。禅音细细指轻微。才牵毛叶黄藤老，又引山泉古月回。　闲意绪，影珠随。任他生动到须眉。乡思梦里深宵绿，知是南仑夜色肥。

2007年11月13日夜

鹧鸪天　观荷

我有池塘养碧萝。要留清梦压星河。时将绿影花浓缩，便入柔肠细折磨。　闲意绪，小心歌。近来水面起风波。夜深常见西窗月，又碰蛙声又碰荷。

宋唯源词十首

宋唯源，原名筱明，字胤儒，1957年生，著名书画家，美术教育家。毕业于中央美术学院中国画系并留校任教。英国剑桥大学《世界名人录》入典名人。曾游历海外十年，对西方艺术进行了深入调研，同时对移民海外的众多中国画前辈艺术家的艺术实践及艺术思想进行了深刻的探究。确认了中国画在世界艺术领域中的准确定位。他所提出的“中国画血统论”在当今美术界产生着巨大的影响及深远的历史意义。师从周笃文先生。

菩萨蛮　南诏德化碑

苍山洱海南天半，碑孤碣残真无伴。朝代一番新，东施总效颦。书丹人妒，遗有名流度。剩却石花怜，美文未可圆。

减字木兰花　访爨龙颜碑

孤星无伴，陨向人间天落半。播尽声名，沾却春风草木荣。小儿习字，把笔随心狂恣肆。老大寻斯，任是荒村土乱飞。

蝶恋花　海上明月

阔海丝丝光初渐，云隙徐行，绘就朦胧画。灯火伶仃遥隔岸，高天风急星垂野。　天涯常为漂泊客，行遍人间，不入农桑社。危崖短松霜露下，涛声一片随奔马。

卜算子　崂山海域

暮色薄云轻，浅浪沙洲静。缥缈孤舟独往来，时现惊鸥影。鸟噪起丛林，却恨人无省。满目清景拣不全，如水松风冷。

谒金门　访南诏太和城宫殿遗址

拾级半，断瓦残砖巡遍。唯有野花开烂漫，更无蜂蝶乱。此处春云如扇，都被山风摧断。衰草冷烟来去燕，叹英雄不见。

忆王孙　访爨宝子碑

访碑车马过千村，奇字京畿早广闻。乡里而今尽泽恩。正黄昏，曲靖家家书在门。

摊破浣溪沙　登大观楼

四野新光望眼中，碧波万顷一楼风。颠倒池中无边水，有鸥从。　一联争成天下著，孙髯之后百文穷。文曲焉知非用力，天之功。

捣练子　片石山房

叠片石，累高山，别样峰峦别样天。我亦平生盲倦眼，从来真作假时观。

西江月　武陵春

几处歌吹杨柳，几分明月扬州。都言道廿四桥头，点点星星人瘦。　彩袖舟分涟漪，烟花绿水飘浮。来时夕照更无由，沽得散才有酒。

踏莎行　新购六朝残石

购得六朝残碣，计百余字，小若榆钱，细审乃褚之先河耳。

睹物悲催，抚膺慨叹，刀兵战火连无断。长宫广厦炬成灰，六朝刻石如星散。　残碣精神，奇书光粲，英雄自古豪强半。攻城略地任尔行，文明何故涂成炭。

陈平诗十首

陈平，1960 年生于北京市，1984 年毕业于中央美术学院中国画专业。现任中央美术学院中国画学院院长、教授、博士生导师。著名水墨画家、词曲家、剧作家、书法家、篆刻家。师从周笃文先生。

戊戌春日诗草

新正至太湖南点园咏梅

一

暖日到湖山，清香引兴间。
虬枝和意洽，珠蕾更情关。
暂卸劳身累，宁抛笔墨闲。
画心随拙直，真意远尘寰。

二

居向湖中屿，偷闲庶事疏。
问村知岁味，濡笔写梅图。

几日花光醉，小园竹影扶。
此间如太古，清梦到林逋。

老　梅

一

癯影伛偻倚石斜，珠蕾点点满枝丫。
小园寂历勾留处，漫写春魂赋岁华。

二

远村爆竹亦声哗。新岁园中老萼佳。
但觉枝寒春尚浅，八分珠蕾二分花。

三

数梅如叟亦如仙，同聚园林醉影颠。
相互搀扶相与笑，簪花若雪过新年。

四

梅似苍翁性自悠，弄花无意占春头。
凌寒傲骨真难二，不与群芳争艳流。

河北涞源太行山写生

雀儿林

石墙泥壁瓦鳞鳞，互构村家倚野岑。
人远田间门键户，唯听树上啭幽禽。

上巳写生有记

携将学子入苍岑，远客荒村寄画心。
磨墨风吹融土细，抽毫纸染感春深。
杏花粉杂梨花白，崖色丹含日色金。
觅古勾留求活本，太行漫谷共相寻。

张家庄写生

径向溪边倚石崖，纷纷似雪闹梨花。
鸟呼暖日春机动，云豁山巅旧垒斜。
坐此图勾萦画客，时听犬吠过农家。
不知晌饭觅何处？陡觉饥肠满腹抓。

独山城村写生记怀

巉岩深壑隐垣楼，穿洞惊看烽火堠。
三月春花连故梦，一村旧事记从头。
捻毫直逐殇魂恨，听叟频倾斫地愁。
望眼重山如壁嶂，长城脚下葬忠髅。

黄君诗词十首

黄君，字君平，号鉴斋。1961 年生于江西修水。中国书法家协会学术委员，中国宗教学会会员，中华诗词学会理事。首届“中国书法兰亭奖”得主，拍品《砥柱铭卷》鉴定专家，2005 年、2012 年两度被评为“中国书法十大年度人物”。在北京、上海等地举办书法个展十多次，出版八卷本《黄君书论文稿》等学术著作及作品专集三十多种，主编《黄庭坚书法全集》等图书百余种。师从三贤。

登滕王阁有感

多少登临赋此楼，游人如鲫日如眸。
我来但觅归鸿影，谁复追寻帝子愁！
逝水悠悠过眼底，新舟阵阵劈江流。
浮云何事天边积？不见文光射斗牛！

1993 年 6 月

贺李锐老寿

李锐老《五十》自寿诗谓“依然一个旧魂灵”，感而有作，并贺先生八七大寿。

居然是个楚魂灵，万古从今郁郁青。
绕梦三巴曾治水，惊天一怒敢为民。
胆边紫气秦城月，漠北孤烟屈子情。
劫后余生生不已，寰球待看自由行。

2003 年 3 月

步韵答吴震启先生

劳生何恨苦茫茫？四海风高莫自伤。
帝国秦皇虽大业，人心善恶史平章。
王侯征战谁知重，道义行藏贵有常。
寄语涛头诗兴客，洪波天外是农桑。

2004 年 6 月 21 日

和山谷老人

辛卯岁末《黄庭坚书法全集》编务初成，三十万言之《书法评传》完稿，再和山谷老人“觞”字原韵。

经年辛苦已寻常，赢得真前对举觞。
翰墨中流曾砥柱，南楼蕉荫早乘凉。
“言为世准”① 斯文杰，狷与狂分旭素行。
大雅诗书称逸格，敢将新传赋衷肠。

辛卯人日咏怀（十首选一）

纷纷物欲江河下，蠢蠢机心斗柄残。
上帝已死佛何在？悠悠天地不知难。

题长城偏关头

偏关城上帝王旗，卷尽人间是与非。
白骨堆前花又发，远游来客不知谁。

2013年11月7日

《巢湖胜景图》歌（并序）

吾友周逢俊，丹青妙手也。其所作巨幅《巢湖胜景图》，深得山水之神韵。吾感于自宾虹老人之后，山水画渐少浑穆之气，时人所作，或囿于古法，或偏张个性，求其宏阔而具山水真性者鲜矣。因慨然作歌以咏之。

① 宋袁燮《絜斋集》卷六：“涪翁一代人杰，言为世准，无一可议。”

天地钟灵秀，山水本情俦。

九州四海星棋布，万水千山脉络舒。

江淮汇处景绮靡，巢湖三月景成堆。

银屏翠障环忠庙，秀谷奇峰掩霸祠。

王乔洞外阴晴雨，姥山风物叹旖旎。

白石为开金牡丹，阿娇挽手伴周瑜。

北牡山下路崎岖，周家有后此山居。

本是关董远弟子，丹青练达动京师。

前生友善清湘客，搜遍奇峰好山水。

读书晨昏明至理，诗性仁怀友三子。

画成争传比摩诘，齐名欲论似郭熙。

情怀独爱巢湖家，一湖烟雨梦兼葭。

百摹千写犹不厌，一朝泼墨醉流霞。

展纸寻丈画卷开，悠然纸上展奇才。

峰峦次第皆信手，壑涧随之类苍古。

悬泉夜发洪蒙声，宿鸟归巢息远踪。

湖山相映两相宜，湖边山隐路萦回。

屋舍俨然风细细，童叟村头相游戏。

峰岭盘旋气壮宏，宝塔巍峨心所崇。

氤氲崖壑花点点，波光帆影意浓浓。

吁嘘呼，

牵人笔墨彩叠生，无尽意兮画嵘峥。

苍翠多神韵，灵明紫气蒸。

清幽宜人住，朗朗物华丰。

人间有清境，谁为一写真？

善哉周逢俊，湖山赋得魂。

挥洒苍茫惊天地，神来一洗黑乌尘。

每恨绘事亦浮沉，偏张怪异何纷纷。

浑穆难求雅未深，河岳大道庶几已无存。

惜此宾翁不得见，见之堪慰风华后继有来人。

2015 年 5 月 7 日

卜算子　梦桃

昨夜梦江南，夹岸春风煦，十里桃花染色新，携侣乘舟去。　举棹击清波，碧水涟无数。摇落花香正满怀，醒后翻思苦。

2002 年 8 月

金缕曲　步王功权韵

甚觉有缘矣。想此生，经年竭力，获亦无几。不为衣衫遮弊履，但萦绕人间事：仁义信，乱了悲喜！大道如今多损毁，叹吾民，常把非为是。愚人智，何曾似。　与君相见茫茫里，只一番，推心置腹，乃知同味。莫悔商头无知己，文艺亦同肌理。君不见，欧风初起，传教洋人多商贾。谁料知，枪炮横加耳。所以道：慎些子！

2005年6月25日

南乡子

11月6日至南宁参加广西散曲学会成立大会。应邀作《当代人文背景与传统艺术发展》讲座。方回京，读晓川周笃文先生与沈鹏先生南宁唱和瑶章，因原韵奉答，遥寄南国，不尽怀想之意。

巧手弄玄黄。燕国飞花越国香。荻浪蕉风怀碧水，邕江！桂树枝头有梦乡。　烟雨不能忘。罗带青风解客狂。占斗分星文与笔。堂堂！皎月如钩顾影长。

萧风词十首

陈洪武，笔名萧风，1962年生于江苏淮安，一级美术师，历任中国书法家协会四、五、六、七届理事，现任中国书法家协会分党组书记、驻会副主席。著有《天地符号》书法心解手稿、《冷风景》诗集等。师从萧劳、沈鹏先生等。

沁园春　雁门怀古

夜步，归而读李广将军传。

天地悠悠，满目凄凉，万古意浓。想汉家豪杰，等闲赢得，云中飞将，塞上神弓。头雪苍苍，关河渺渺，生不遇时终未封。回首处，尽长烟大漠，难觅孤忠。　多情秋色连空，更梦断、尘沙卷落红。叹残城故垒，重重堆叠，兴亡存废，欲说谁雄？但见人间，月华无际，一醉古今弹指中。休怅望，且低吟沉唱，历史如风。

沁园春　梦游白帝

丙申春夜，读《后汉书》公孙述①传，慨其量小德薄，虽居金汤绝巘之地，亦天意难违矣。是夜梦游白帝城，怅然为赋。

江国峰高，一日千新，夕照壮哉。问子阳霸迹，而今在否？庙间几度，人物尘埃。② 光武三招，抗之以命，绝巘何堪满地哀。寻绎处，叹红墙老井③，庭草苍苔。　倚天华发空催。况一寸丹心一寸灰。望瞿塘峡窄，两山对峙；浪高依旧，犹载愁来。猿鹤声中，兴亡影里，万古诗城李杜裁。应念我，更伤时行远，酒酹江怀。

沁园春　晚秋

吾早岁戎装，曾置塞外古长城于席几间。近年虽苦遭形役

---

① 公孙述:字子阳,建武元年称帝于蜀,在位十二年。

② 庙中几度,人物尘埃:蜀民曾于白帝城筑庙立公孙述像。至明正德七年,四川巡抚以述僭称,毁白帝庙中述像。而今时人又立述像。

③ 老井:为白鹤井,其雾状如龙。公孙述见之自谓白龙出井,故称己为白帝。其城亦名白帝城。

之累，但其景历历在怀。乙未深秋海上同学锋将军索大字巨丈，是夜发墨，演成一阕以寄。

大道何忧？路古难寻，无边坠红。望连峰峭壁，万山横跨；卷云雄卧，势若飞龙。人道风流，秦魂汉魄，耿耿忠心谁与同？念寂寂，任尘沙相袭，淡定从容。　　几多豪杰英雄。叹往事、千年泪已空。把青春浊酒，深沉熔铸；三生情味，百世秋翁。休念功名，心期丘壑，特立超然苏子风。且乘醉，将人间悲笑，一寓词中。

沁园春　孤旅

丙申新岁登长城，临虚送目，不独有天地孤旅之叹。醒来书之，呈病中潇雨一笑。

似练飘空，画里江山，今古别开。渐苍茫一色，戍烽点点；英雄安在？犹带余哀。何了此情？争风舞荡，化作雪花簌簌来。长城上，正清圆如梦，寂寞徘徊。　　世间野马尘埃。[1] 但秉烛、比肩夜访梅。惜吴

① 野马尘埃：典出庄子《逍遥游》，意为尘土飞扬。

笺纸短，难申君意；时书雕琢，怎写吾怀？孤旅悠悠，诗心万里，吟瘦天涯亦快哉。纵憔悴，应风流未减，对月传杯。

念奴娇　玉壶冰鉴

吾孤寓竹园十载，借西庐为书堂。四时之景不同，每以事夺，未能沉静其中。今古月照人，秋心寒碧，独感于心，故发意而赋之。

登临把酒，问孤蓬今夕，天涯何处？竹院楼台芳草树，不着人间尘土。明月分辉，玉壶冰鉴，天地皆清素。灿然四顾，载将星雨同去。　须记肝胆风霜，几曾蕴藉，寂寞林中路。万里江山谁伴我？郁郁苍波东注。霭霭停云，茫茫寥廓，一梦空千古。秋心寒碧，谩惊高洁如故。

念奴娇　垓下悲歌

楚中豪杰，算唯有、铁骨柔肠项籍。一战吞秦开霸业，骓马嘶空天裂。力拔苍山，八荒剑指，万古风流绝。东归不肯，英雄肝胆清烈。　望断楼外乌江，虞姬起舞，长袖哀凉月。白浪滔滔、更卷去，垓下当年残血。寒树依依，红尘梦里，天地孤烟灭！古今遗恨，昂头犹对云阙。

念奴娇　孤标人杰

读沈鹏先生新作，境界宏远，感而书怀。

诗成传诵，赞此景，犹见千年穿越。何似晚云惊卷起，皎皎一轮明月。文章余事，长锋恢拓，原创多奇绝。百年游艺，飘然不着尘物。　应记《纲要》[1]高情，心争前哲，书道无停歇。生面而今谁试手，唯有开山人杰。白发萧萧，介居襟抱，独与时风别。疏梅依旧，特其标格如雪。

念奴娇　放怀今古

丁酉六月与志国、永平诸家拟寻访张子文遗踪，未能同行。是月，复乘高铁直下玉门关外。放步大漠，徘徊月下，觉丝绸古道与高铁长轨遥相连织，同构我华夏古今伟观，堪为“一带一路”之象征，能缺词乎？

黄沙漫漫，记雄姿出使，西驰塞外。绝域凿空开

---

① 《纲要》：为沈鹏先生主持制定的《中国书法发展纲要》。

汉业，踏尽边尘谁解？漠雪吹寒，孤行持节，只为初心在。铜驼声里，悠悠古道如带。　　还数今日风流，往来万里，堪比云龙快。潇洒互通欧非亚，连陆连空连海。笑我多情，放怀今古，朗月照无界。倚天回望，千年一梦同载。

满庭芳　酒醉花情

吾曾植海棠一株，经年满庭芳艳。然雨来花零，无人托寄，试为之咏。

枝上繁华，阳春无限，满庭芳意融融。芬菲烂漫，世世为谁容？知是此花风度，曲栏外、簇簇连空。平生事，多情相约，吐艳只须浓。　　匆匆。风雨妒，香残送晚，落尽春红。叹纷纷如血，点点愁浓。堪入君家诗瘦，羁魂别、泪洗东风。惊回望，来时陈迹，梦坠月明中。

水调歌头　望月有怀

今夜中秋，江上无眠，赋之兼寄潇雨。

长夜月如昼，亭影为谁凝？参差一片清透，仿佛玉飘零。相约乘风而上，携手云间共舞，但恐又天明。

俯仰三山外，望断古今情。　　江城阔，烟浪远，事休营。不须惆怅，似水尘梦等浮萍。人是万年松雪，心是前身明月，坦荡俱澄清。一点超然气，千里数峰青。

张继诗十首

张继，1963年生于河南，现为全国政协委员、中国书法家协会理事、中国书法家协会隶书专业委员会副主任、中华诗词学会理事、国家一级美术师等。作品在全国书法篆刻展中多次获大奖，长期担任全国书法篆刻展评委。被多所高等院校聘为特聘教授，在央视书画频道主讲隶书一百余集。多次举办个人书画篆刻展，出版理论及诗书画印专著多种。获“全国德艺双馨青年文艺家”“全国德艺双馨书法家”“兰亭七子”“中国十大青年书法家”“兰亭诸子”“林散之奖”等荣誉，并获“2013—2014双年度全国书法十大人物”。师从周笃文先生。

毛　笔

清竹一竿瘦，头冠玉兔毫。

莫言筠管细，翰海势涛涛。

创作有感

倾心翰墨继前贤，振笔还须意在先。

雅俗从来评说众，古新时见认知偏。

行舟有志凭江阔，滴水多情任石坚。

画印兼容成妙趣，诗书合璧得天然。

游目骋怀

雅聚仰山又沐春，论书乘兴墨华新。

北碑南帖皆无意，古趣今情更得神。

脱俗何须言避世，思齐岂可不勤身。

兰亭韵事传千载，此际骋怀钦故人。

强军战歌

华夏乘风越远洋，护航号角奏铿锵。

三军统帅施良策，一代雄狮傲霸王。

不惜献身求国泰，确能圆梦保民强。

铁肩使命肝肠热，更谱新歌响四疆。

自题融斋

窗临曲水融斋绕，鸟语花发万象苏。

红木香薰三壁墨，绿萝清映满堂书。

颖毫未洗缘常用，典册随翻不觉孤。

但慰平生疏闹市，笔耕自乐在蓬壶。

应友邀远郊雅聚

牧声随日落，帐外爨烟飘。
果脆茶情厚，肴香酒兴高。
举杯思旧绪，感物话今朝。
忘返酣歌后，何时君更招？

咏王羲之

风流王逸少，坦腹却成姻。
墨赠缘鹅爱，扇题怜姥贫。
纵情诗送酒，乘兴笔传神。
为有兰亭帖，光昭万代人。

咏怀素

稚岁始藏真，孑然超世尘。
幽幽担笈苦，漫漫种蕉频。
醉里飞雷电，狂来震鬼神。
妙毫难自叙，千古韵尤新。

咏德化白瓷呈晓川先生

德化天工巧，白瓷基业昌。
明泽超朗玉，纯质比琼浆。

远贾千帆集，出洋万里长。

今朝多立异，盛誉满殊疆。

纪念长征胜利八十周年

悠悠八十庚，举国念长征。

屡破乌蒙险，何惊大渡横。

雪山埋铁骨，草地显英名。

先烈当含笑，今朝旗更擎。

高昌诗词十首

高昌，1967 年生于河北辛集，1985 年毕业于河北无极师范，1989 年毕业于河北大学作家班。现任《中华诗词》杂志主编、中国文化报社理论部主任、中华诗词学会副会长、中国作协诗歌委员会委员。主要著作有《两只鸟》《公木传》《玩转律诗》《玩转词牌》等。师从三贤。

访刘征

十月廿日天气晴，我去芳星访刘征。
刘征居高声益隆，高处华堂二十层。
层云不畏遮望眼，乐在书斋战恶风。
寻章觅句小鲜耳，煮字熬灯妙手烹。
纸上能奔千里马，身边相伴万年青。
感时常恨真情贱，怀旧还忧大道轻。
老来筋骨硬如铁，最怕官场把腰躬。
皱褶添来成风景，回眸一笑百美生。
生是晚生又门生，私淑当年沐《春风》。

刘征看我夸年少，我看刘征正年轻。
胸中烈焰犹无忌，笔底惊涛却未平。
红尘有爱堪热吻，白发一染又回青。
刘征呼我为诗友，我送刘征诗一首。
秀才人情纸半张，半张权作一壶酒。
酒不醉人诗自醉，落笔漫洒沧桑泪。
天无公道人有脸，诗有良心笔无愧。
墨吏登天权做梯，款爷掷地钱如雨。
狙公衣冠称大人，世披靡矣扶难起。
历劫犹存诗格雄，梦来倚天屠大龙。
把酒敢骂石壕吏，出门不惹丽人行。
砚海鸣雷情似涛，画虎居中起风骚。
心花一枝香四海，心烛一盏照天烧。
一窗云月知情愫，我今一见真如故。
人生漫漫如长路，自兹难忘片时晤。
临别送我《寓言诗》，一字一句早熟悉。
口不停诵手难释，一路高吟人笑痴。
闲乘月时闲看花，将进酒还将进茶。

明朝若许雷门过，还敲布鼓到君家。

和鹏老咏马大韵

雨鬣飘飘万里行，霜蹄的的走金声。

苍山缺处曾清立，红日催时更远征。

扑面松风如海仄，迎眸石径与天平。

胸中自有奔腾梦，不向滩头羡濯缨。

周笃文老师诗词论丛研讨会暨八十寿庆即席作

美酒愈陈香益浓，杖朝犹放晚花红。

名于朗月卿云上，人在清秋爽气中。

若水深情融碧海，为霞大象染苍穹。

衡诗问学双不惑，一脉楚才今古雄。

案上水仙

寒封千万村，腊雪压晨昏。

妻恐诗情淡，春留一小盆。

送立东入藏用齐佳韵（其一）

直上云程西复西，昂扬生气与天齐。

囊中应蓄风雷句，敢向珠峰雪顶题。

百年中国的感情气候（其一）

那缕阳光照眼明，春风还拂柳烟轻。

某些情节来心底，偶尔回眸猛一惊。

江油留句

九州山水到江油，千古乡愁滚滚流。

举首依然那轮月，伤心最是一低头。

钗头凤

香盈袖，箫韶奏，踏虹追梦云扉叩。山河对，风骚配，织天孙锦，染晴霞蔚。美！美！美！　推心友，催诗酒，古来佳句多随口。黔黎贵，素怀内，吟千秋韵，写人间味。醉！醉！醉！

沁园春　家

绕膝温馨，棠棣同枝，苒苒岁华。任鲸波起落，并肩观浪；壶天晴雨，执手烹茶。清白襟怀，光阴静好，笑脸团团绽似花。真风景，围桌边灯下，共话桑麻。　东风绿染天涯。正一路弦歌闾里夸。有楼头月朗，依依弄影；堂前萱茂，恋恋抽芽。扫去乌云，拨开灰雾，万丈长虹送彩霞。此间乐，看缤纷岁月，烟火人家。

雨霖铃　　聂树斌①

还人清白！有惊雷滚、凛冽中国。疑云缭绕残月，偏霾雾锁、阴风斜出。偶尔寒星闪烁、亮些子怜惜。看豆荚、枯眼睁圆，玉米连排列愁密。　　心宽叵奈前程窄。更难当、草芥随风掷。苍茫大海成泪，冲不淡、满怀悲戚。一债难偿、一问难平、一痛难息。剩一道、颤栗伤痕，一抹青天黑。

① 聂树斌，河北鹿泉人，被控在石家庄西郊玉米地奸杀一女，于1995年4月27日执行死刑。后几经周折，2016年12月2日改判无罪。

莫真宝诗词十首

莫真宝，湖南常德人，1971年生，文学博士，国务院参事室、中央文史研究馆中华诗词研究院学术部副主任。著有《张溥文学思想研究》。担任《中国文化概论》《太平基金文库·诗词论丛》主编，担任小学《国学》、中小学《中华传统文化》系列教材、《中国诗词年鉴2012》等副主编。发表论文和当代诗词评论数十篇、诗词作品近百首。师从刘征先生。

秋访巴陵

窃慕斯园久，相迎无俗葩。
苔痕洇石碧，蕉绿隔窗遮。
如坐春风里，来看天雨花。
心幡动复定，弹铗出星沙。

过灵峰观

寂寂三清殿，丹墀绕紫烟。
苔痕鞋底绿，鸟影眼中穿。
欲就神仙问，谁知锁钥悬。

长生不可得，惆怅白云边。

登鹳雀楼赋河水

黄河从此远，天地吻痕深。

偶折依山势，长怀入海心。

御风开野雾，穿坝起雄音。

逝者如斯也，登楼思不禁。

壬辰岁暮坐临客还湘

行尽三千华里路，颇谙临客莫漫夸。

日中初响京西笛，夜半频开雨后花。

入梦江河归大海，坐看风雪到长沙。

天明又向桃源去，满目青山舞白蛇。

壬辰暮春杂诗（选一）

繁红经雨落重帏，暂借残阳望翠微。

隐约霞光趋黯淡，模糊山影尚依稀。

树摇四野轻烟起，人困东风渌水围。

蝴蝶梦回春酒醒，江南可是鳜鱼肥？

玉楼春（并序）

壬辰暮春之初，从诸先进后，侧身恭王府海棠雅集。是时风紧天阴，绿肥红瘦；唯怜满园芳草，装点春光。翌日，意颇怅怅，不能释怀。遂往游西山之麓，徜徉于北京植物园中。是时云淡风轻，竟得见繁花似锦，众芳争艳，而海棠尤俏云。

恭王府里凋零早，前度看花花已杳。海棠叶下立多时，惆怅东风催雨到。　　繁花洗尽余春草，触目萋萋情味了。西山却见满园娇，恍若落英归树杪。

虞美人

那时风送清江岸，日色花中乱。踏花人去了无痕，又是一番离索半开门。　　深杯总向愁怀罄，长醉终须醒。绕庭飞燕两三双，却见玉兰小小对残阳。

鹧鸪天

我是幽兰山里来，此身不合人前栽。倾杯影响月光酒，过眼风幡雨露苔。　　思旧侣，傍枯槐。秋风过处忆花开。红尘阅尽沧桑事，休向深宵独自哀。

玉楼春（并序）

偶检学位论文，欲校别字，间事增删。然文中所及人物之名号、撰述之名目，乃至所涉史事之原委，皆当时了然在胸者，而此际形同陌路。为之废然辍笔，颓然兀坐，茫然徘徊。不知何计，始复得与之相视一笑，莫逆于心？日月轮回，花开花谢。往事历历，如在目前。算浮生，多少事与此相类？无可如何，无可如何！

花正含苞君已别，君欲还时花始歇。推窗轻数落花声，恰是三春惊月缺。　　着意东风吹鬓雪，吹散相思千万叠。侵晨却见石榴红，一点丹心终不灭。

玉楼春　和征老宿雁栖湖

数谒华堂曾识面，今日相邀登国馆①。烟开一鉴抹明霞，浪拥诸螺临曲槛。　　高烛重燃开夜宴②，左右追陪亲笔砚。同行名宿不多人，山水楼台题咏遍。

---

① 国馆，雁栖湖国际会都。时任中华诗词研究院副院长蔡世平，受命组建专业团队题咏会都园林场馆。余事联络之责。刘征、周笃文、李元洛、孟繁锦、叶子彤等一时高贤与焉。

② “高烛重燃”句，晚餐时，因会都施工停电，举烛照明。

徐晋如诗词十首

徐晋如，字康侯，号胡马，1976 年生于江苏盐城。古典文献学博士。先后受业周笃文、陈永正二先生。现为深圳大学人文学院副教授，硕士生导师。著有《大学诗词写作教程》《忏慧堂集》《长相思——与唐宋词人的十三场约会》等。2016《南方人物周刊》青年领袖得主。

浣溪沙　子云示近词惕然有感

曼衍鱼龙幻太平。狂歌匝地共愁生。谁登绝顶俯严城。　十万人家灯刺梦，三千世界露凝冰。风前负手看春星。

游　仙

岧岧九华山，郁郁三珠树。
南斗上孤云，海蟾照前路。
忆昔初拜登，衣襟溉芳雨。
真人逆中途，道我容成遇。
言将遗世去，不复念亲故。

鹤梦忽然醒，鸡窗初日曙。

一自羁软红，十丈花如雾。

谁将天地心，视作草间露。

吊西南联大旧址同宋家宏教授

绝徼移桢想昔时，机鸣炮击尚弦诗。

清笳不荡天心月，奇字难磨汶上碑。

是处春风同一醉，廿年幽意拜应迟。

却逢麟获兰伤日，苦向丛阴听子规。

题遵义海龙囤

一角金瓯补未完。雄关依旧对连峦。

蛮云如怒天孙老，断魄将招楚调残。

七百年来花变灭，三千世外梦耽盘。

可怜鞭石成何用，辜负多情泪一汍。

题不俎砚并示世萍女弟

朴质世谁重，鮀朝有令名。

多君将片石，慰我以深情。

流枕端溪水，吟追太古声。

沂风如可掬，扫叶下层城。

南开访谈溶抄本《莲香集》适逢闭馆惘然有作

玫函受札久生尘，何况人间草木身。

韵彩琳琅人跨虎，碧云飞去已千春。

临江仙　雨

一梦春云无觅处，醒来如在江舟。为谁徙倚最高楼。四厢花影乱，万里碧烟浮。　渐渐飘风和泪住，寂然不动帘钩。难温难冷是离愁。怜他新荔子，红映翠眉头。

采桑子

辛卯冬月既望月有食之色，呈绯红，娟娟可爱。

可怜秋与孤云杳，人在楼东。月在楼东。人月双双着晕红。　谁能拨起寒灰烬，人对虚空。月对虚空。却说相思特地浓。

古香慢　赋庐州古莲

素葩擢丽，缃菂舒馨，云水标致。一夕西风，便恁坠霞散绮。谁共涉江人，遍相寻、芳陂翠沚。任苹泥、黯裹绀碧，漫埋古怨如此。　幻梦短、蓦移时世。纨扇歌沈，蟾月新洗。晕脸轻绡，昨夜玉环偷系。

滴尽少年心，更重听、荷珠迸起。自销凝，且深坐、叱红帘底。

清平乐

霜腴花饱。渺渺吴天早。秋渐深时青鬓少。落落余情待扫。　　凭他傍水依岩。莫教养入珠帘。我是北周开府，平生合住江南。

略论“三贤”诗词(代后记)

◎黄　君

梅翁刘征先生、介居沈鹏先生、晓川周笃文先生商定，各以诗词精品百余首，同时推选门生弟子十人，各出诗词十首，结集出版，命末学负责具体编务并揭题。末学因以《三贤集》名之，并就“三贤”诗词略陈浅见，以求正于三位先生并四海方家。

刘、沈、周“三贤”都是当代中国诗词领域德高望重、久负盛名的斫轮高手。更重要，三位先生还是学问丰富、思虑通达的文艺大家。具体而言，刘征先生首先是鼎鼎大名的语文教育家，曾任全国语文教育学会会长，是推动我国语文教育发展与进步、形成思想体系、取得重要成果的教育家。他还是著名的杂文作家和书画家，他的《老虎贴广告》等杂文名篇曾收入中学语文课本，天下广为流传；他的书法刚柔相济，婀娜多姿，是当代文人书法的典范。刘征先生的诗词创作历史很长，而且新诗、旧体兼擅，早在二十世纪七八十年代，他与臧克家、程光锐合称为“诗坛三友”，影响巨大。刘征先生著作宏富，其文集已出八卷，洋洋四百多万字。沈鹏先生是当今书法界的泰山北斗，其草书独步天下，直接前贤，而他以诗家情怀，熔铸书法，独创新境，被奉为当代文艺高原上的一座高峰。沈鹏先生又是著名的美术评论家，著有《沈鹏书画谈》《沈鹏书画续谈》等，其诸多美学观点，为时所重。此外，他还是著名的编辑出版家，长期在人民美术出版社工作，主持编辑了数百种美术类图书。晓川周笃文先生是当代诗学传承的一位重要代表人物。他生于书香之家，自幼耽诗，髫龄有作，二十多岁入北京师范大学，师从黄药眠、钟敬文等先生，专修古汉语，后执教中国新闻学院，从事古诗文教学与研究。二十世纪七八十年代，晓川先生与中国近代词学两大家张伯驹、夏承焘交，得其亲炙，承其学脉，并因二师而广交名贤，后参与中国韵文学会和中华诗词学会的创建工作。晓川先生是当代著名的宋词专家和诗学名家。他早年所编《宋词》小集，发行近百万册，风行四海，嘉惠学林既深且广；他主编的十卷本《全宋词评注》，不仅收罗宏富，且于词学评骘多所创获。先生于诗词，不仅精鉴博识，且多钩沉抉微，考证发现之处。五十万言的《周笃文诗词论丛》是当代诗学研究的一部力作，此书2014年由人民出版社出版，已受到当代学界的特别关注。

末学十五年前曾策划主编《当代名家诗词集》，并撰总序《一脉承传的中华诗学》，指出："中华诗词在很大程度上体现出精英文化的特色，所以历来名家名作，对维系诗风，传承诗脉意义重大。""三贤"正是当年所选排名靠后的三家（当时按年庚排序，位列"三贤"之前的有赵朴初、钱仲联、李锐、饶宗颐、霍松林），由此可见"三贤"诗词在我心目中的分量。

时人论诗，每重诗法规则，汲汲于体式、用字、律韵诸类，寻枝摘叶，故不免纠缠，忘其大体。其实，诗以言志，缘情而绮靡；文主谲谏，因资性而分格调，因识见而有雅俗。纵观中国诗歌史，一位优秀的诗人，必须同时具备四个方面的基本条件：第一是资性，即诗人的天资禀性，严沧浪所谓“诗有别材”者即指此；第二是情怀，即诗家的胸襟情怀，也即文人情怀，这是中国诗歌的优秀传统，也是诗人安身立命的根本，诚如清叶燮所言：“作诗者，必先有诗之基焉。诗之基，其人之胸襟是也。”① 第三是识见，包括广泛的学识和对人生、社会、事物敏锐的洞察力，也即捕捉诗歌题材的能力；第四是功夫，这里特指诗内功夫，即高超的诗歌表达能力，包括对诸多诗法的熟练运用，以及对历代诗人创作经验、教训的深刻理解和把握，由此形成自己独特的创作风格。以此观照“三贤”诗词，笔者以为，他们堪称当代诗词的三个重要代表人物，他们不仅都具诗的天才，而且个个有高尚的诗家情怀，实践着乐有情、利民生、振风雅的文人理想。更重要的是，他们三人各因资性不同和现实生活环境、

① 叶燮:《原诗》,《中国历代诗学论著选》,百花洲文艺出版社,1995年版,第917页。

人生经历、人文背景的差别，其诗词风格迥异，各家所自渊源、所取法则、所造境界，也都有着明显的区别。这是一个很值得关注和研究的现象。

刘征先生天性乐观，慈悲为怀，豁达通透，他“总是以近乎童稚的善意和乐观看待世间的一切”(《古韵新声》自序)，以此而悯生泣死，恒念天地宇宙之交互，体贴人类生存之和谐温暖，关爱包括花草虫鱼在内的自然世界，在与天地往来之中吟咏出绝妙的诗句。

刘征先生诗词入古出新，风格独具。其语言纵横开阖如风云变幻，真力弥满而想象奇特，其意象瑰玮丰富，新奇神妙，境界通达变化，读其作，往往得豁然开朗之享受。故晓川先生《龙蛇酬唱》谓：“上下百年间，巨笔罕能匹。”刘征先生论诗力主创新，他说：“我以为旧诗的创作要争一个‘新’字，思想感情要新，意境要新，语言要新，少用典乃至不用典，押大致相同的韵。否则，制作再精巧也不过是复制的‘唐三彩’，比古人则不如，于今人则隔膜，生命力是有限的。我的创作是努力实现自己的主张的。”① 正是这样的原因，他的诗荡漾着太白的风骚奇崛，又不失老杜的思虑通审，尤得谢灵运之清劲绮丽；其词则熔冶苏辛，兼取豪放与婉约之长，刚健婀娜，独立世表。先生自谓：“颇嗜辛豪，亦耽姜婉，不惯称臣自作王。”（《沁园春·答曾仲珊同志》）刘征先生的山水纪游词作，气象宏阔而波澜起伏，浩浩荡荡，横无际涯，开一代新风，堪称当代绝构。

沈鹏先生从小体弱多病，且早年经历战乱之苦，但他生长于书香门第，受到良好的教育，所以他的诗词，常常是以一个弱者的形象而出现，就像一根不甚茁壮的小苗，一只羸弱的小羊或小鹿。不过，这个弱小的生命却始终充满向上生长的顽强力量，他对光明、正气、温暖、平等、关爱等一切真、善、美的东西有着比常人更加虔诚的向往和期待；他多愁善感，洞悉周边的世界，但意志却比常人更加坚毅、顽强。正是

① 《流外楼诗词》自序，转见《风花怒影集》附录，北京图书馆出版社2004年版。

这个原因，沈鹏先生诗词长于立意，善于构思，往往于常情中烛照精义，平淡里显出奇崛，出人意表，饶具风韵。沈鹏先生诗风细密但格调高雅；造语温和但气象博大，得曲中寓直、绵里藏针之妙，韵味幽长，回味无穷。

沈先生诗风受唐代杜甫、杜牧影响较大。他有诗云："熟读唐诗尊二杜，郁苍清隽各风流。何当生我千载上，旦夕追随与共游。"正是这个原因，他论诗主张求真向善，关注民瘼，切入现实，且其所作多立意坚挺，意象丰赡而境界深隽。沈先生是一个爱思考的艺术家，且不辞苦吟，所以他的诗词极富思虑之美，有宋诗之理趣，言语道断，每多玄外之意。沈先生诗词的这个风格，与他书法的风格相一致，所以笔者曾有诗赠之曰："挥毫走笔曲中直，觅句传心柔里刚。想见周公事文武，殷殷多仕佐成王。"我读沈先生诗词佳作，欣赏其书法精品，联想到周公辅佐成王，作《多士篇》等以为劝告，使周朝实现成康盛世的那种虔诚，那种治天下如烹小鲜的裕如神功。沈先生诗词经过数十年的历练，达到了这样的境界。吾友西中文认为沈先生诗词已具“散僧入圣”之功，他说：“沈老之诗，系于事而不泥于事，寄于物而不滞于物。举凡家国事业、时务新风、史迹旧闻、山川风物，心之所感，情之所寄，皆得而为诗，其诗情愫遥深，意趣简远，奇峭幽邃而无荒寒之象；秾丽丰盈而无俗艳之姿。沈诗尤得理趣情动于中，辗转覃思，析照返烛，终得妙谛，以简语出之，言近而旨远，辞浅而味永。”①

周晓川先生出身于汨罗江畔，从小即受屈原风骚沾溉，加上他生而机敏，“天性耽诗”，文心笃厚，且其精研古文，又得名师大佬指授，故其于诗词之学入丰赡裕如之境，在当今诗坛素以博洽著称。先生于讲学、著述及诗词创作之时，往往显出汪洋恣肆，本领精熟；至其掌故罗胸，如数家珍；诗词歌赋，出口成章；行吟酬唱，倜傥风流，故天下才俊多所仰重；四海学人，争相师从。晓川先生诗词虽“不拘一格，异

① 西中文:《诗统书脉说沈老》,《书法导报》2018 年第 16 期第八版。

彩纷呈”（蔡厚示先生评语），而其总体风格绮丽劲健，自然真放，可谓自成一家。他的语言灵动多变，精逸神炼，情意曼妙而风神劲美，意象干练而个性鲜活。故其徜徉山水之间，即景抒怀，或因事感发，对境言情，或师友往来，弦歌酬酢，每多迁想妙得，而其情意翩翩，造语真率，设境明丽，颇显魏晋名士风流气象。先生论诗，认为国学乃其精神支柱，而“诗词是中华美德艺术化的体现”①。由此可见晓川先生诗词的人文背景。在具体的创作思想上，晓川先生颇重冥搜之功，他甚至说“诗者冥搜之艺也”（《影珠书屋吟稿·自序》）。冥搜即冥思苦想，竭力搜寻，晋孙绰谓：“非夫远寄冥搜，笃信通神者，何肯遥想而存之。”（《游天台山赋》）故冥搜与笃信通神相连，因遥想而远寄。当然，冥搜之功，亦系于胸怀与识见，胸怀识见高者，则于平常事物，亦可悟奇情至理；胸怀识见低俗，则虽家国大事，奇情美景，亦属茫然。宋代江西诗派有

① 《国学与诗学》,《周笃文诗词论丛》,人民出版社 2014 年版。

夺胎换骨、点铁成金之法，其实也依赖于作者识见所及。晓川先生于此深有所得。故其诗云："镂叶雕花未必工，难凭蠡管测鸿蒙。天机衮衮原无住，世路悠悠应有通。真识倘能参活法，死蛇犹可化生龙。高情远韵恢奇句，象外搜来是大雄。"(《赠文学院诸同学》)透过先生的诗句，我们可以观照其所以天机衮衮的成因，这样方能体会其高情远韵。

其实，"三贤"也是当今诗坛难得的三友。他们长期交往，相互切磋，往来酬唱很多。此番结集，他们相约各自都选入酬唱之作，以纪真挚情谊。诗人的相知交谊，是中华诗歌史的一道彩虹。汉之建安七子，晋之竹林七贤，唐之竟陵八友，元白、李杜，宋之苏黄，明之前后七子，无不在诗歌史上留下绚丽的光彩。刘、沈、周"三贤"的交谊，乃是当今诗坛一个十分难得的祥和景象，我相信，"三贤"的诗学实践，尤其是他们各自所成就的诗学境界、艺术风格，对当代诗词作者，具有很好的借鉴作用，《三贤集》的出版，必将对当今诗词的发展与进步产生积极影响。

最后需要说明的是，《三贤集》除“三贤”作品外，另有“三贤”提名的十位中青年作者诗词，每人十首。作为“三贤”的门生，或私淑弟子，虽然渊源各有所自，诗风各有区别，诗力各有浅深，但依然在很大程度上，体现了对“三贤”诗学的传承与接力，一定程度上也反映了当今诗词创作的基本现状。刘征先生说：“《三贤集》的‘三’字，应作多数解，‘三贤’非专指吾等三人，也应包括诸位贤弟。”刘征先生的活参妙解，让我们感到一份温馨的关爱，当然，这同时也是一份沉甸甸的责任。中华诗学需要传承，尤其在当今改革开放、民族复兴的伟大时代，中华诗词今后如何发展？我们如何能做到不愧于时代、不辜负前贤？这需要大家一起深思力行。

2018年11月19日